Novelist

노블 3
리스트

초판 1쇄 인쇄일 2015년 7월 23일 | **초판 1쇄 발행일** 2015년 7월 27일

지은이 이기준 | **펴낸이** 곽중열 | **담당편집 팀장** 이범수
편집부 신연제 이윤아 김호성 김은경

펴낸곳 (주) 조은세상 | 출판등록 제 2002-23호
주소 경기도 연천군 미산면 청정로 1355
TEL 편집부 02)587-2966 | FAX 02)587-2922
e-mail bukdu@comics21c.co.kr

ISBN 979-11-5832-127-7 | ISBN 979-11-5832-124-6(set) | 값 8,000원

노블리스트

Novelist

3

이기준 퓨전 판타지 장편소설

NEO FUSION FANTASY STORY & ADVENTURE

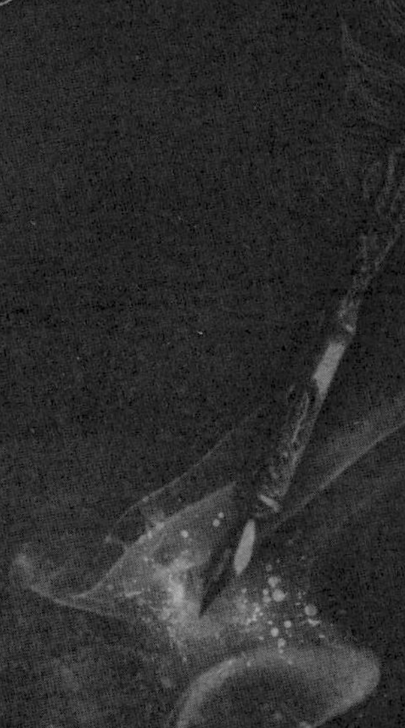

북두

(주)조은세상

CONTENTS

NEO FUSION FANTASY STORY & ADVANTURE

Novelist

NEO FUSION FANTASY STORY & ADVANTURE

1. 알테온, 라이트브링어(2)

Novelist

1. 알테온, 라이트브링어(2)

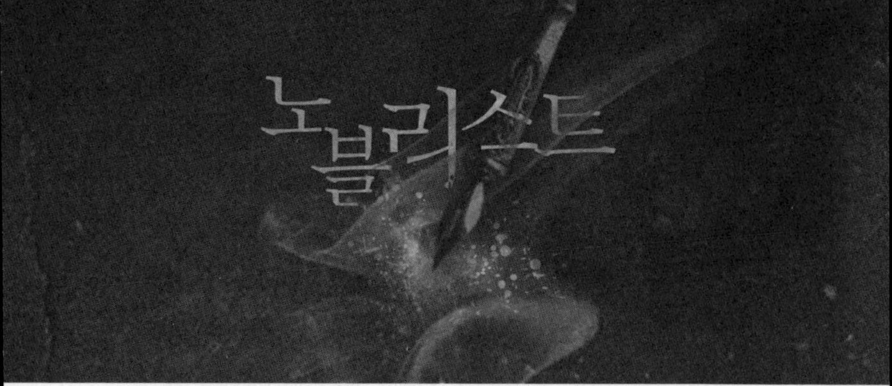

한스였다. 교도관은 등불을 벽에 걸며 그에게 경고했다.

"입 조심해라, 한스. 너 따위가 함부로 대하실 분이 아니다."

"흐흐, 그래. 그가 이제 자네 주인이라는 거군? 내 이해함세."

한스는 마지막 만났을 때와 달라진 게 없었다. 수염은 덥수룩했지만, 여전히 신수가 훤해보였다. 나는 교도관에게 묻지 않을 수 없었다.

"이봐, 다른 방에는 저런 게 없던데. 저것들이 다 뭐지?"

한스의 방에는 간이침대에 의자, 책상, 책, 심지어 간식거리까지 즐비했다. 좀 답답한 거 말고는 어디 야유회라도 나온 것 같았다.

"죄송합니다. 전임자와 인계 문제가 있어서…모두 치우도록 하겠습니다."

교도관은 괴상한 변명을 주워담으며 쩔쩔맸다.

이건 이른바 돈의 힘이라는 거군. 왜 한국도 그렇지 않던가. 재벌들 알아 모시는 거.

"됐어. 그보다 문이나 열어줘."

나는 좁은 창살을 비집고 감방으로 들어갔다. 한스는 과자를 하나 집어먹으며, 내게 의자를 권해주었다.

"앉게나."

"그러지."

나는 다리를 꼬며 건방진 포즈로 앉았다.

여지껏 그는 나와 만나는 내내 누군가를 흉내 내고 있었다. 그러나 나는 어렴풋이 그의 진짜 모습이라고 할 만한 걸 짐작해냈다. 그는 귀족을 무척 싫어하는 것 같았다. 어리고 건방진 놈일수록 더더욱. 그렇다면 나는 그걸 제대로 건드려볼 작정이었다.

"팔자 편해 보이는 걸."

"어디 그쪽만 하겠습니까."

"한스, 가식은 그만 떨어. 너 이미 밑천 다 드러났다고."

“원래 이렇게 생겨먹은 놈인 걸 어쩝니까.”

“이미 들었겠지만 나는 이 도시의 영주가 되었어. 네 목이 내 기분에 달려있다는 거지. 그러니 반항은 그만두고 잘 보여두는 게 좋을 거야. 수틀리면 혀를 도려내는 수가 있으니까.”

한스의 얼굴이 딱딱하게 굳었다.

“그리고 네가 하도 오랜만에 잡혀봐서 위기의식을 상실한 모양인데, 분명히 말해두도록 하마. 난 널 풀어줄 마음이 없어. 네게 편의를 제공한 간수들은 한 번은 넘어가주겠지만, 다음에 또 적발이 된다면 옆방에 같이 처넣어버릴 거야. 알겠냐? 너는 평생 이 안에서 썩는다고.”

“…….”

“딱 하나 네가 나올 수 있는 방법이 있어. 뭔지 알려줄까?”

“뭡니까?”

“내 광대가 되라.”

“광대?”

“날더러 신살자라며. 마침 내 업적을 노래해줄 광대가 필요했는데, 네가 적임자 같거든. 새삼스러울 것도 없는 얘기 아니냐. 넌 너 자신을 숨기고 사람들의 주목을 받는 데 타고난 소질이 있어. 그러니 내게 충성해라. 내 발에 입을 맞춰.”

나는 팔짱을 끼며 이죽거렸다.

한스는 나를 죽일 듯이 노려보았다.

그래, 슬슬 가면이 벗겨지는구나.

자아, 선택의 시간이다. 종신형이냐, 자존심이냐.

한스의 표정에는 심한 번민이 그대로 드러났다. 그는 이제 정말로, 누군가를 연기하고 있지 않았다.

"어처구니가 없군."

한스는 고개를 절레절레 저으며 과자를 툭 던져버렸다.

"결정했어?"

"그래."

"대답은?"

"좆까십시오."

한스는 눈을 부릅뜨며 노성을 토해냈다.

"평생? 좋을 대로 합시다. 잘나신 귀족께서 뭔들 맘대로 못하겠습니까. 단, 내 입에서 당신의 노래가 나오는 건 죽기 전에는 못 볼 거요. 그것만큼은 엎드려 빌어도 안 되니까 단념합시다."

"어이, 넌 귀족도 뭣도 아니잖아. 왜 자존심에 목숨을 걸어?"

"귀족이 아니면 존심도 없다는 겁니까?"

한스는 궐련을 한 개비 꺼내서 불을 붙였다. 짙은 담배향이 갑갑한 공기에 느릿느릿 스며들었다.

"하, 참."

그는 비흡연자인 내가 봐도 맛깔나게 연기를 빨아들이더니, 구두코에 대고 담뱃재를 틱틱 털어대었다. 나는 마침내 그의 바닥을 끌어낼 수 있었다. 그는 터무니없이 와일드한 남자였다. 하긴 저 정도 배짱은 있으니 사기를 치고 다니지 않았겠나.

그러나 배짱은 배짱이고, 인성은 다른 문제다. 나는 손가락을 튕겨 풍압만으로 궐련을 날려버렸다.

"이봐, 너 뭔가 착각을 하고 있는 거 같은데. 너는 내가 개인적인 감정 때문에 널 수감했다고 생각하냐? 넌 그렇게 대단한 남자가 아냐. 사람들을 등쳐먹는 사기꾼일 뿐이지. 쉽게 말하면 사회에 도움이 안 되는 쓰레기라고."

"크크크."

한스는 머리를 처박고 킬킬댔다. 바닥을 끌어낸 건 좋은데, 상태가 예상보다 더 좋지 않은 것 같았다.

"그래, 인정합니다. 난 사회의 쓰레기요. 그러니까 배를 째던지 목을 매달던지 마음대로 하시라고."

"너 하는 말과 행동이 영 일치가 안 되는데. 그게 아니잖아? 쓰레기면 쓰레기답게 굴 것이지, 왜 어울리지도 않게 지조있는 척을 하냐."

"당신이 뭘 안다고, 그냥 죽여!"

한스는 내게 버럭 소리를 질렀다. 나는 그의 갈색 눈동자를 뚫어져라 쳐다보았다.

연기를 할 수는 있을 것이다. 그러나 눈은 거짓말을 못한다. 예전에도 저런 눈을 본 적이 있었다. 죽음을 각오한 자의 눈. 올가가 그랬으며, 나를 위해 죽어가던 병사들이 그랬다. 한스는 진심이었다. 그는 오래 살 생각이 없었다. 불타는 듯한 갈색 눈엔 이 자리에서 맞아죽어도 상관없다는 각오가 생생했다.

"한스."

나는 타이르는 듯한 어조로 그를 불렀다.

"너 왜 날 그렇게 미워하냐?"

"상관있습니까? 쓰레기의 의견은 알아서 뭐하려고."

"너 뭔가 착각하고 있는 거 같은데. 우선 난 귀족이 아니야."

"뭐요?"

한스는 날 뚱하니 바라보더니, 믿기 힘들다는 듯 중얼거렸다.

"그럴 리 없는데."

"니바 시민 전부가 증언해줄 수도 있어, 자식아. 나는 뒷골목에서 굴러먹던 건달이었어. 선한 사람들의 고혈을 빨아먹는 쓰레기였지. 너와 동류인데 용 된 케이스라고나 할까."

"그럴 리가 없습니다."

"어째서?"

"내 사람 보는 눈은 틀림없거든. 당신은 아무리 봐도 그 쪽 부류란 말입니다. 귀하게 자란 티가 나. 단지 외모가 반반해서 그러는 말이 아니라, 품새가 다르다는 겁니다. 말 하는 거나 걷는 동작이나 뭐 그런 것들."

귀하게 자라긴 했지. 상당한 눈썰미였다. 남의 흉내를 내려면 관찰의 달인이 되어야 한다는 건가.

"네 눈이 틀렸나보지. 하여간 나도 막 굴러먹던 놈이란 것만 알아둬. 네가 귀족을 사기치고 돌아다닐 때, 나는 귀족을 척살하고 돌아다녔어. 그러니까 내가 용서가 안 되는 건 이런 부분이야. 너는 귀족만 엿먹인 게 아니라 평민들한테도 손을 댔단 말이지. 순수한 마음으로 모인 젊은 이들한테까지 사기를 치려했다고. 이건 어떻게 해석해야 하냐? 네가 쓰레기라는 것 말고 다른 해석은 없는 거냐?"

"다른 해석이 필요합니까?"

"변호할 기회도 주지 않고 형을 내릴 순 없잖아. 재주껏 너 자신을 변호해 봐. 아니면 지금처럼 계속 허세를 떨어 보던가."

한스는 이해할 수 없다는 눈초리로 나를 쳐다보았다.

"……이상하군."

"뭐가?"

"난 당신을 모욕했습니다. 당신 말마따나 나는 감히 당신한테 기어오를 사람이 못 되잖습니까. 당신은 기분이 나쁘다는 이유만으로 날 작살내도 되는 위치의 인간이니까. 솔직히 그걸 바라기도 했고 말입니다."

"왜, 한대 때려주지 않은 게 불만인가?"

"불만이라기보다는 당황했다고 해야겠군요. 변호를 해보라니. 내 평생 영주에게 그렇게 무른 말을 듣는 날이 오게 될 줄은 몰랐습니다."

"글쎄다, 너무 앞서가지는 마. 변호를 해보라고는 했지만, 선처를 약속한 건 아니거든. 이걸 확실히 해두자고. 네가 별 반전 없는 쓰레기라면 네가 받을 형은 여전히 종신형 하나뿐이야. 여기서 평생 썩어가겠지. 하지만, 개인적으로는 반전을 기대해. 너는 욜의 사막과 지하세계의 땅을 모두 밟아본 사람이야. 어지간한 모험가도 엄두를 못 내는 코스잖아, 그거. 단순한 쓰레기 치고는 모험심이 너무 넘치지 않아?"

한스는 나를 계속 노려보려고 노력했으나, 눈에서 독기가 빠져나가고 있었다. 그는 결국 한숨을 내쉬고 말았다.

"……아무래도 당신은 정말로 귀족이 아닌 것 같군요."

"그렇다니까?"

"당신이 귀족이었다면 이렇게 말을 했어야 합니다. 날 모욕한 죗값을 치르라고. 그치들은 세 끼 밥보다 명예가 더 중요한 족속들이니까요. 그것에 비하면 제 죄를 가리는 건 아무것도 아니죠."

"내겐 네 죄를 가리는 게 중요해. 궁금한 게 한두 가지가 아니거든."

"전 쓰레기가 맞습니다."

"반전은 없냐?"

"하지만 쓰레기에도 종류는 있지 않겠습니까. 왜 평민들한테 사기를 쳤느냐. 간단합니다. 제겐 돈이 썩어날 만큼 많습니다. 이십 년 간 이 모양으로 살아 왔으니까요. 그런 풋내기들의 돈 따위 먹어도 그만 안 먹어도 그만입니다."

"그랬겠지. 그래서 이해가 안 가."

"혹시 티소라고 기억합니까? 벌꿀 향기 여관에 그 천둥벌거숭이."

"잘 알지."

"저는 그런 놈들을 보면 울화가 치밉니다. 예, 겉으로는 웃어줬죠. 하지만 속으로는 아구창을 돌려놓고 싶었습니다. 그렇게 세상모르고 잠꼬대나 하는 놈들은 한번 혼쭐이 나 봐야 합니다. 검술이요? 검이 뭔지나 알고 하는 소리랍니까? 전투가 뭔지, 사람에게 무기를 휘두른다는 게 무슨 뜻인지 안답니까? 눈앞에서 친우가 하나둘씩 죽어가고, 잘린 팔다리가 굴러다니고, 비명 소리에 귀가 머는 전장이 무엇인지 압니까!"

한스는 수염을 부르르 털며 열변을 토했다.

"그게 불만이었다면 너 말주변 좋잖아. 잘 설득해보지 그랬냐."

"말로는 못 들어 처먹습니다. 말을 안 해봤겠습니까? 그 나이대 머저리들은 다 똑같습니다. 훈계라도 하면 꼰대의 잔소리로밖에 생각을 못합니다. 게다가 조금만 띄워주면 지가 세상을 구할 용사라도 될 줄 압니다. 하지만 현실은 어떻습니까. 고기방패입니다. 열정이고 패기고 그저 고기방패라고요. 귀족들은 우리를 그렇게밖에 안 봅니다. 정신을 차리게 해줄 필요가 있어요. 눈에서 눈물을 빼 봐야 이 세상이 얼마나 무서운지, 집구석이 얼마나 편한지 아는 겁니다. 그래서 큰돈을 요구하지는 않았습니다. 대신 바라스를 떠날 때, 부하들을 시켜 잊지 못할 추억을 만들어 주려고 했죠. 특히 티소 그 놈은 최소한 다리 하나는 분질러 놓을 생각이었습니다."

"그래, 그랬단 말이지."

그 계획이 성사됐다면 확실히 잊지 못할 추억이 됐겠는데.

"근데 왜 네가 나서서 청년을 계도하냐? 어쨌거나 넌 사기꾼이잖아. 너무 오지랖 아냐?"

"예, 전 사기꾼입니다. 근성이 글러먹은 놈이죠. 그러니까 거슬리는 걸 더 참을 수 없는 겁니다. 그 멍청한 놈은 젊은 시절의 저와 너무 닮아있었습니다. 처음부터 그럴 계획은 아니었죠. 처음에는 그저 정보나 모아보려고 접근했었는데, 견딜 수가 없었습니다. 틈만 나면 나오는 그 검술이니, 용맹이니, 로망이니, 골 빈 소리들에. 저는 그놈의 미래가 훤히 보였습니다. 명분없는 전쟁에 끌려나가, 뼈다귀가 되어 귀족들의 배나 불리겠죠. 그럴 바에는 매를 맞는 게 낫다고 생각했습니다."

"흐음."

역시 단순한 사기꾼이 아니었군. 마인드가 꽤 괜찮게 들리는데. 때려눕혔을 때는 영락없는 도둑놈이었는데 말이야. 하긴 그때는 투기마저 흉내 내는 전용기를 쓰고 있었으니, 기질부터 다른 사람이었다고 봐야 하려나.

그의 과거에 대해서는 대략적이나마 짚이는 게 있었다. 그는 한때 용병이었다. 적성에 맞지 않아 그만뒀다고 하는데, 칼밥 먹으면서 험한 꼴을 무수히 겪었을 것이다. 귀족과 연관된 트러블도 있었겠고.

"그래도 너, 너무 삐뚤어진 거 아냐? 남을 등쳐먹는 걸로 네 울분을 푸는 건 아니지. 그렇게 귀족이 싫었으면, 나처럼 귀족과 싸우는 군주 하나를 적당히 골라잡지 그랬냐."

"모르시는 말씀입니다."

"얘기해봐."

"실례해도 되겠습니까?"

그는 바닥에 떨어진 궐련을 가리켰다. 나는 쓴웃음을 지으며 고개를 끄덕였다. 그는 꽁초를 다시 주워 불을 붙였다.

이 수염쟁이, 청소년의 정서에 매우 좋지 않은 사람인 것 같다. 담배를 너무 폼 잡으면서 핀다. 근데 그게 또 멋이 있다. 이러니까 티소가 뻑이 갔겠지.

"하, 좋군요."

"건강에는 나쁠걸."

"어차피 명대로 살 수 있는 세상이 아닙니다."

"하긴."

"왜 남들 등쳐먹고 돌아다니냐 하셨습니까? 그야 당연합니다. 저는 영주님 같은 사람이 아닙니다. 현실 속에서 살아가고 있죠. 저는 화살 맞으면 죽습니다. 돈을 벗겨먹는 게 이 골골대는 몸뚱이로 병사가 되는 것보다 더 제대로 된 복수를 해줄 수 있는 방법입니다."

"복수라……."

"불칸님에게는 개인적으로 거는 기대가 컸습니다. 그분이라면 난세의 영웅이 되어주실 거라 생각했죠. 공화정이 수립됐을 때, 저는 박수치는 사람들의 제일 앞에 서있었습니다. 그러나 역시 현실은 현실입니다. 불칸님조차 사람들을 못 지키는데, 저 같은 놈이 뭘 할 수 있겠습니까?"

"왜 못해? 너도 꽤 잘난 놈이야."

"제 주제는 제가 압니다."

"아니지. 너는 왜 네가 병사가 된다고 생각하냐? 너한테는 재능이 있잖아. 아까는 광대라고 비하하긴 했지만."

한스는 말없이 웃었다.

"아니, 웃지 말라니까. 그거 진짜 재능이다? 너는 병사로서의 경험밖에 없어서 전쟁을 너무 단편적으로 보고 있어. 전쟁은 정치의 연장선이야. 병사들이 나가서 창칼을 맞대기 전에는, 거짓말을 잘하고 흉내를 잘 내는 사람도 필요하다고. 너는 아주 좋은 정치인의 자질이 있다니까."

"저는 정치인이 될 수 있는 태생이 아닙니다."

"무슨 헛소리야? 나는 그럼 귀족이라서 네 앞에 앉아있냐?"

"영주님은…."

한스는 갑자기 깨달음이 찾아온 듯 오묘한 표정을 지었다.

"난세에서 자기 위치는 자기가 만들어가는 거야. 나는 널 내 선전장관으로 임명할 용의가 있어. 너는 누군가를 흉내 낼 필요 없이, 온전히 네 능력만으로 존경받는 위치에 오를 수도 있다는 거야."

"제 능력으로…인 것이군요."

"물론 본인이 싫다면 강요할 수는 없지. 그러니 선택을 해. 내 곁에서 싸워볼 테냐, 아니면 짐 챙겨서 여길 즉시 떠날 테냐."

"간다고 하면 보내주시는 겁니까?"

"싫다는 놈 붙잡아 뭘 어쩌겠어."

"흐음."

한스는 담배 연기로 도넛 모양을 연달아 만들었다.

"매력적이군요. 솔직히, 이런 제의를 받는 게 제 일생의 꿈이었습니다. 티소를 제가 까긴 했습니다만, 녀석은 과거의 저와 쌍둥이나 마찬가지죠. 멋진 군주를 만나 등용되어, 대륙에 널리 이름을 떨친다. 그런 거 다들 한번씩 꿈은 꾸잖습니까. 그런데 막상 그 순간이 오니, 이상하게도 선뜻 답이 나오진 않는군요."

"왜?"

"왜 제가 욜이며 지하세계를 떠돌아 다녔는지 물으셨습니까? 저는 사기꾼이 아니었으면 모험가가 됐을 놈입니다. 용병생활로 방랑을 시작한 것도 세계 곳곳을 여행하고 싶은 마음이 컸었죠."

"너 남자라며."

"예."

"너 모험 좋아한다며."

"매우 그렇죠."

"그럼 뭘 망설여? 이 시국에 나 같은 따라지를 모시는 것만큼 큰 모험이 어딨다고."

"허어."

그는 감탄을 하더니, 수염을 젖히며 정신없이 웃었다. 그러다 담배연기가 목에 걸렸는지 눈물까지 흘리면서 켈룩켈룩댔다.

"크크, 죄송합니다."

"괜찮아. 좋은 구경이었다."

"자학이 굉장하시군요. 주제넘은 소리지만, 그래서 더 마음에 듭니다. 좋습니다, 마음을 굳혔습니다. 정말로 저 같은 놈으로도 괜찮으시다면, 이 한 몸 거들어 보겠습니다."

"잘 생각했다. 후회는 안 할 거야. 바쁘게 부려먹어 줄 테니까."

나는 손을 내밀었다.

"저도 바쁜 게 좋습니다."

우리는 굳게 악수를 나누었다. 얼빵한 표정의 교도관이 이 역사적인 순간의 유일한 관객이었다.

"헌데 선전장관이 뭘 하는 자리랍니까?"

"방금 신설한 직책이라 생각을 해봐야 해. 우선 넌 나를 흉내낼 줄 알아야겠다. 가능하겠어?"

한스는 눈을 좁게 뜨고 나를 아래위로 쳐다보았다.

"에…… 예. 가능합니다. 시간을 주신다면요. 삼일 정도면 완전히 카피할 수 있습니다."

"삼일?"

"하루 종일 밀착했을 때 이야깁니다. 넉넉하게 잡으면 오일은 걸립니다."

아니, 나는 오일도 빨라 보이는데. 알면 알수록 신기한 능력이구만.

만약 한스가 나를 완전히 카피가능하다면, 전략적인 활용방법이 무궁무진했다. 나는 이 도시에 있는데 한스는 다른 도시에서 활동을 한다거나, 아예 내가 사라지고 내 대타로 자리를 지키던가 등등. 그러나 내 대역을 맡기려면 우선 그를 신뢰한다는 게 전제가 되어야했다. 나는 설정북을 꺼내 한스의 페이지를 확인해보았다.

– 한스

한스는 어디서나 주목을 끄는 아이였다. 그는 글자를 깨치기도 전부터 연설하는 법을 터득했다. 도도한 세엘이 그에게 반한 건 필연이었다. 그는 모험과 꿈을 이야기했고, 자신을 영웅에 빗대어 전쟁놀이를 했다.

한스는 성년식을 마치자마자 지역에 연고를 둔 전사대에 가입했다. 그를 추종하는 친구들이 함께 따라왔음은 물론이었다. 머지않아 인근 영지간에 영토분쟁이 일어났다. 전사대는 영주에게 고용되었고, 그는 첫 전투에서 동향 친구들과 싸워야만했다. 그는 죽지 않기 위해 친구의 피를 검에 묻혔다. 이것은 그의 삶에서 파내버리고 싶을 만큼 끔찍한 기억이었다. 그는 그 길로 전사대를 뛰쳐나와 방랑을 시작했다.

모험은 고통스러웠다. 눈만 감으면 사랑하는 세엘이, 죽은 친구들의 얼굴이 맴돌았다. 그는 자신을 극한으로 몰아붙였다. 세계의 끝을 순례했다. 그는 내면의 분노를 감추기 위해 점점 가면을 쓰는 데 익숙해졌다.

이십여 년이 지나자, 그는 어느덧 자신을 잃어버렸다. 그는 이제 가면 없이는 스스로를 지탱할 수 없다고 여겼다. 그러던 어느 날, 그는 한 소년에 의해 기나긴 사기극에 마침표를 찍게 된다. 소년은 오랫동안 묻어두었던 그의 내면을 들여다보았다. 그는 당황하였으나, 싫지는 않았다. 그는 이 만남이 잃어버린 자신을 되찾아가는 계기가 되길 소망하고 있다.

보유기술 : 뛰어난 연기력, 뛰어난 화술, 훌륭한 지력, 평범한 가창력.

전용기술 : 거짓말, 흉내내기

처치시 획득하는 점수 : 15

눈여겨 볼 점은 처치시 획득하는 점수였다. 저게 처음 봤을 땐 5점이었을 것이다. 그 며칠 사이 능력치가 급등했을 리는 없으니, 이 점수의 변화는 외부요인에서 찾아야했다. 짐작가는 외부요인이라면 하나뿐이었다. 평범한 사기꾼에서 나 테나단의 선전장관이 됐다는 것. 그런 위상변화가 고려된 점수가 틀림없었다.

"주군. 청이 하나 있습니다."

"뭔데?"

"저와 같이 잡혀온 친구들 말입니다."

"아아."

"저를 닮아 못난 짓만 배우긴 했지만, 제게는 둘도 없는 동생들입니다. 선처가 가능할까요."

"들었지?"

난 교도관에게 되물었다.

"예, 처리해 두겠습니다."

"네 동생들은 네 직속으로 두고, 여태껏 해온 것처럼 손발을 맞추면서 일해 봐."

"감사합니다."

의리도 있는 사내인걸. 개인사를 알고 나서 그런가, 더 마음에 드는 것 같다. 과연 그는 티소에게 충고를 할 만한 인물이었다.

"그럼 먼저 올라가 있을 테니, 짐들 챙겨서 올라오라고."

"예. 곧 따라 가겠습니다."

나는 교도관과 함께 지하감옥을 거슬러 올라갔다. 건물을 막 빠져나올 때였다. 병사 한 명이 저만치서 헐레벌떡 달려왔다.

"아사드님의 전언입니다!"

그는 전력질주를 해온 듯 숨을 몰아쉬며 말했다.

"지금 즉시 영주관사로 와주시랍니다!"

아사드가? 이 영지엔 그렇게 호들갑 떨 일이 남아있지 않을 텐데.

몇 가지 가정이 스쳐가긴 했다. 그러나 신 바라스를 내게 복속시킴으로서, 소설의 전개를 안다는 메리트는 약발이 다해버렸다. 나는 일말의 불안을 품고 관사로 향했다.

공관이 완파된 덕에 아사드는 관사에서 임시로 집무를 보는 듯했다. 가는 길이 무척 어수선했다. 곳곳에서 병사들이 열을 맞춰 뛰어가는 게 보였다. 마치 전시를 방불케 하는 분위기였다. 관사 안도 상황은 다르지 않았다. 하인이며 병사들이며, 얼굴에 긴장감이 역력했다.

거실에 이르러서 나는 이곳에 주재한 내 모든 가신들을 만나볼 수 있었다. 머리가 천장에 닿는 거인, 불칸. 구석의 어둠에 스며든 카타냐. 벽난로 옆에서 온기를 쬐고 있는 베로니카. 그리고 앉은 채로 날카로운 눈빛을 빛내는 아사드.

"무슨 일이야?"

"주군. 오셨습니까."

모두가 인사를 건네는 와중에, 아사드가 가장 급해 보였다.

"정찰대원의 급보가 들어왔습니다."

"급보?"

"신 바라스로 향하는 대군이 두 부대 감지되었습니다. 약 삼천명의 부대가 서쪽에서, 그리고 일만여 부대가 동쪽에서 접근중입니다. 두 부대 모두 하루의 거리를 두고 있습니다."

청천벽력 같은 소식이었다. 하루 거리라면 대응하기에도 빠듯한 시간이었다.

"대체 그게 무슨 소리야? 내가 쓰러진 사이에 누가 사고라도 쳤어?"

"서쪽의 부대는 규모로 보아 니바로부터의 원군인 것 같습니다. 혹시 주군께 언질이 되어 있었습니까?"

"아니. 하지만 익숙해. 아주 제멋대로인 책사가 하나 있어서."

"알겠습니다. 동쪽의 부대는 알테온의 성전사들입니다. 상공에서 관찰한 바로는 대량의 공성장비를 운송하고 있다고 합니다."

"끄응."

최악의 전개가 펼쳐지고 있군. 그놈들이 순순히 물러나지 않은 거야 놀랍지도 않다만.

알테온은 정의의 신 칼트를 모시는 사도다. 칼트 또한 쉐브릴처럼, 알테온에게 귀띔을 해줬을 확률이 높았다. 내가 노블리스트이며, 내 책을 반드시 회수해야만 한다고.

"현재 신 바라스의 방비군은 예비대까지 합쳐서 구천명입니다. 그러나 양군의 전투력 차이를 고려했을 때, 수성을 하더라도 아군의 큰 열세가 예상됩니다."

"그렇겠지."

알테온의 장수들은 백전으로 연마된 노련한 전략가들이었다. 칼트는 정의와 함께 투쟁을 덕목으로 삼았다. 그의 추종자들은 말이 정의의 사도지, 투견이 아닌 자가 없었다. 이번에야말로 지키는 싸움을 할 때였다.

"제가 가서 적의 지휘관을 암살하겠습니다."

카타냐의 제안이었다.

"암살로는 효과를 보기 힘들어. 아무리 너라고 해도 성공을 장담할 수 없는데다가, 지휘관 한둘이 쓰러진다고 멈출 놈들도 아니야. 감정 없는 기계 같은 놈들이거든."

"그렇군요."

그녀는 어쩐지 기운이 없어보였다. 나는 그녀에게 해줬어야 하는 말을 떠올렸다.

"저기, 카타냐."

"예."

"네 검을 멋대로 부숴서 미안해."

"아닙니다. 검이 있었기에 테나단님께서 악신을 무찌를 수 있었던 겁니다. 영광으로 생각하고 있습니다."

카타냐는 씩씩하게 대답했다. 하지만 나는 그럴수록 더 미안해졌다. 소울이터는 그녀를 배신했던 언니의 선물이었다. 그녀는 지상으로 쫓겨오고 나서도 언니를 향한 사랑을 못다 거두었을 것이다. 그렇지 않았더라면 진즉에 그 검을 버렸을 테니까.

보상을 하긴 해줘야겠다. 무엇으로든.

"저는 전략가가 아니지만, 낙관적으로 보기 힘들다는 걸 인지하고 있습니다. 칼트의 성전사들은 한 명당 아군 병사 다섯 명에 준하는 전투력을 가지고 있습니다. 셈으로는 가망이 희박합니다."

아사드가 돌직구를 서슴없이 던져대자, 불칸이 반박했다.

"하지만 영주, 전투란 단순히 병력의 맞교환으로 이뤄지는 게 아니오. 우리는 장군의 질로 우위를 점하고 있소. 거기에 수성의 이점을 더한다면 해볼만은 할 싸움일 것이오."

"성전사는 상대하기 까다롭기로 첫손에 꼽히는 무투파

집단입니다. 무술도 무술이지만, 광신에 가까운 신앙으로 저마다 신성마법을 다룬다는 게 가장 성가신 점입니다. 장군의 질만으로는 근본적인 전투력 차이를 상쇄할 수 없습니다."

전략가가 아니라더니 잘만 알고 있네. 아사드의 말 그대로였다. 성전사는 근접전의 전문가일뿐더러, 마법을 병행하는 듀얼클래스였다. 성가시기로는 바퀴벌레보다 더 했다.

"니바로부터의 원군 전력이 중요하겠군요."

"도움은 되겠지만, 승리를 보장해줄 정도는 아닐 거야."

지금 모인 인원 중에선 전략가가 없었다. 아사드는 어디까지나 행정가니까. 원군을 라울이 이끌고 있다면, 변수를 만들어볼 수 있을지도 모르겠다.

"영주, 근처 도시에 원군을 요청할 수는 없겠소? 페니라면 와줄지 모르오. 거리도 가까운 편이고, 우리의 혁명을 지원해주기도 했잖소."

"가깝다고 해도 왕복에 삼일은 걸립니다. 연락을 받고 군대를 편성하려면 시일이 더 걸릴 테지요. 하지만 성전사들은 결코 공격을 늦추는 자들이 아닙니다."

"잠깐, 우리가 지금 병력이 모자란 거지?"

"예, 그렇습니다."

나는 눈을 감았다. 묘수가 떠오르고 있었다. 기막히긴 한데, 그만큼 리스크도 큰 계책이었다.

"아사드."

"예."

"내가 울쓰락과 쉐브릴을 쓰러뜨린 것에 대해 영내에 인식이 어떻지? 나 혹시 나쁜놈 됐나? 상종 못할 놈인가?"

"그 반대입니다. 쉐브릴의 마수들이 민간인에게 피해를 입히는 바람에, 주군께선 시민의 구세주로 칭송받고 있습니다. 곧 쉐브릴의 실체가 테마르 전역에 퍼져나갈 것입니다."

"그렇다면 그런 내가 언데드를 부린다는 건 이상하겠지? 구세주라는 놈이."

"언데드를 부린다는 게 무슨 뜻입니까?"

"복잡한 사정이 있지만 간단하게 추리자면, 나는 울쓰락의 능력을 흡수했어. 그 녀석이 하던 걸 나도 똑같이 할 수 있다는 뜻이야."

"놀랍군요."

"허어…."

불칸과 아사드는 저마다의 방식으로 감탄했다. 카타냐는 나라면 당연하다는 듯 고개를 끄덕였고, 베로니카는 내 쪽으로 귀를 열어두고 불을 쬐기에 여념이 없었다.

"하지만 힘들 것 같습니다. 지금 여론이 언데드에게 무척 좋지 않습니다. 언데드로 된 병단을 편성했다간 주군의 지지도가 깎여나가는 건 물론이고, 병사들의 사기에도 악영향이 있을 겁니다."

"그렇다면 하나라면 어때? 언데드를 딱 하나만 만드는 거지. 납득이 갈 만한 놈으로."

"설마……."

아사드는 보기 드물게 아연한 표정으로, 내가 하려던 말을 해주었다.

"울쓰락 말씀이십니까."

"그래."

나는 고개를 끄덕였다. 짧은 대답이었으나, 가져온 파장은 결코 작지 않았다. 불칸이 강경한 어조로 반발했다.

"주군, 그 자는 악신의 사도였습니다. 언데드 병단을 부리는 것보다 울쓰락 하나를 살려내는 게 더 보기 좋지 않을 겁니다."

"아사드, 너도 그렇게 생각해?"

"모르겠습니다. 이건 잘 생각해봐야겠습니다."

"영주, 이게 어딜 봐서 생각해볼 일이라는 거요? 그는 바라스의 원수요. 아직 그에게 죽은 시신의 온기조차 식지 않았소. 내 손으로 목을 쳤으면 쳤지, 그 얼굴을 다시 본다는 건 있을 수 없소이다. 나처럼 생각하는 자들이 바라스에 한둘이 아닐 거요."

"불칸님의 말씀도 일리가 있습니다."

아사드는 미간을 찌푸리며 안경을 고쳐 썼다.

"하지만 강력한 적에 맞서 가능한 모든 수단을 강구해 볼 필요가 있습니다. 현재로서는 아군의 승리가 힘들어 보입니다."

"영주께선 무관이 아니라 잘 모르시는데, 전투는 드러난 수치로만 결정되는 게 아니오. 값비싼 무장, 뛰어난 무술실력, 그것만큼이나 중요한 게 바로 이거요."

불칸은 큼지막한 손으로 자신의 가슴을 텅텅 두드렸다.

"이게 있고 없고의 차이가 강병과 잡졸을 가르오. 우리 병사들은 애향심으로 똘똘 뭉쳐 물러서지 않는 야수와도 같소. 지휘관이 병사들의 사기를 고취시키지 못할망정, 흩뜨려 놓아서야 말이 되겠소이까."

나는 불칸의 말에 반박하지 않았다. 이건 화술의 대결이 아니니까. 불칸은 탁월한 야전사령관으로써, 전투에 이기기 위해 무엇을 해야 하는지 알고 있었다. 그는 이 토론의 전문가 패널인 셈이다.

"그를 언데드로 만든다고 해서 병사들의 사기가 반드시 떨어지란 법은 없습니다."

이번에 나선 건 카타냐였다.

"떨어집니다."

아사드는 단정적으로 카타냐의 말을 잘랐다. 아사드의

인상이 워낙 악질변호사 같은데다가, 저 건조한 말투 탓에 마치 카타냐를 무시하는 것처럼 들렸다.

나도 아사드의 말에는 동의했다. 카타냐가 아직 인간사회를 이해하고 있지 못하는 게 아닌가 하는 생각까지 들었다.

"떨어진다면 떨어지지 않게 하면 됩니다."

"어떻게?"

"소문을 퍼뜨리는 겁니다. 꼭 진실이 아니어도 상관없습니다. 믿고 싶은 이야기를 들려주면 됩니다."

예쁘장한 얼굴로 잘도 그런 말을 하는군.

잊고 있었네. 히란을 상징하는 단어가 음모와 배신이라는 걸. 카타냐는 어릴 때부터 전장을 전전했기 때문에 그런 전통에 깊이 발을 담그진 않았으나, 어쨌거나 그녀도 히란은 히란이었다. 그녀는 공작전술 분야의 전문가 패널인 셈이었다.

"어떤 이야기가 시민이 믿고 싶은 이야기일까?"

"울쓰락을 살리는 의미를 다르게 말하는 것입니다. 입힌 피해를 속죄하라는 뜻이라고 하는 게 좋을 것 같습니다."

"그렇군요. 그 방법이 괜찮겠습니다."

아사드가 감탄했다. 아사드 같이 고지식한 행정가에게 카타냐의 사고방식은 파격이었다. 나도 카타냐의 제안이 마음에 들었다.

"불칸, 나도 이 의견에 찬성이야. 입힌 피해를 속죄시킨다는 게 틀린 말도 아니거든. 하지만 네가 정 탐탁찮게 생각한다면, 다른 방법을 떠올려볼 수도 있어."

"……저는 괜찮습니다."

"정말로? 솔직하게 말해줘. 부하한테 미움받아가면서까지 추진하고 싶은 일은 아니야."

"정말입니다. 제가 조금 성급했습니다. 울쓰락은 도움이 될 만한 사람입니다. 그가 힘을 보태준다면 그 때문에 죽은 시민의 몇십 배 이상의 사람들을 살릴 수 있을 겁니다. 다만 시민들이 동요하는 일이 없도록, 선전은 확실하게 했으면 합니다."

"그거라면 마침 잘 됐네. 마침 선동의 대가를 한 명 영입했거든."

"선동의 대가? 그게 누구입니까?"

"나요."

거실의 입구에서 걸걸한 목소리가 들려왔다. 아치형 도어를 열어젖히며 텁석부리 사내가 등장했다. 금방 따라온다던 한스였다.

"휘유. 눈 둘 곳을 모르겠네."

그는 카타냐의 아슬아슬한 복장을 감상하며 능청스럽게 휘파람을 불었다.

"소개할게. 내가 새로 맞이한 선전장관이야. 이름은 한스."

"저 자는 주군께서 잡아들인 사기꾼 아닙니까?"

"그래. 죄를 탕감해주는 대가로 부려먹기로 했지. 앞으로 시민들을 설득하는 건 얘한테 맡겨두자고."

"잘 부탁드리오, 나으리들. 테나단님의 충견, 한스외다."

한스는 허리를 넙죽 숙이며 인사했다. 무척 경쾌하고 활달한 몸짓이었다. 이 작자는 그새 또 다른 사람의 연기를 하고 있었다. 아까 잠깐 봤던 그의 진면목이 전혀 생각나지 않을 만큼 변화무쌍한 모습이었다.

"주군, 이 자도 평판이 썩 좋지 않습니다. 당장 내일 중으로 준비를 마쳐야 하는데, 이런 신용없는 자를 데리고 선전은 무리입니다."

"아, 그야 당연하지. 그래서 카타냐에게 부탁을 할 거야. 카타냐?"

"예."

"한스를 내 모습으로 바꿔줘."

"알겠습니다."

카타냐는 짧게 주문을 외웠다. 즉시 수염 난 아저씨가 사라지고, 조그만 은발 미소년이 한 명 더 생겨났다. 여태껏 대화에 관심을 보이지 않던 베로니카가 슬쩍 다가와 내 팔을 잡았다. 헷갈리기 전에 진짜를 맡아두려는 듯싶었다.

"한스, 너는 사람들한테 내가 울쓰락을 부활시켰다는 걸 널리 알려. 그게 당위성이 있게끔 최대한 잘 둘러대는 게 네 임무다."

"그러죠. 헌데 제가 아직 주군의 카피가 덜 됐는데, 그래도 상관없을까요?"

"굳이 날 흉내 내지 않아도 돼. 너 평소 잘하던 거 있잖아?"

"아, 예. 이해했습니다."

카리스마 버전의 한스는 나보다 더 영웅적인 면모가 있었다. 원판이 누구인지 궁금해질 정도로. 그라면 하루 안에 시민들을 납득시키는 것도 불가능한 일은 아닐 것이다.

"아사드. 울쓰락의 시체는 어떻게 했지?"

"목은 카룬 경이 베어갔고, 몸은 정화작업을 위해 에이녹의 신전에 두었습니다."

"그럼 나는 그리로 가서 울쓰락을 살려낼 테니, 방위계획은 불칸의 주도하에 빈틈없이 준비를 할 수 있도록 해."

"알겠습니다."

불칸은 전략가는 아니었지만, 장군으로서는 나무랄 데 없는 사람이었다. 잘해줄 것이다. 신 바라스에 대해 그보다 잘 알고 있는 사람은 없으니.

나는 한스와 따로 움직여 곧장 신전으로 향했다. 에이녹은 물의 신으로서, 높은 수준의 치유사들을 보유하고 있어 시민들에게 인기가 높았다. 도착해보니 과연 사제들이 옹기종기 모여 정화의식을 치르고 있었다. 한번 신을 품었던 울쓰락의 육신은 혼돈의 마력에 오염되어 드문드문 푸른색으로 변질이 된 채였다.

혼돈은 질기기가 역병과도 같았다. 적절히 정화를 해주지 않는다면, 세계에 점점 틈을 넓혀가 다시 그 괴물들을 불러올 수 있었다.

"모두들 나가다오."

나는 수행원과 사제들을 모두 물리고 홀로 울쓰락과 마주했다. 목이 떨어져나간 몸뚱이는 백묵으로 마법적인 기호가 새겨진 채 신전의 바닥에 얌전히 뉘여 있었다. 보기에 꽤 그로테스크한 장면이었다. 부패가 시작됐는지 역한 냄새가 코를 찔러왔다.

나는 설정북을 펼쳐 리치 생성에 관한 주문을 찾았다.

– 리치 생성

리치란 생전에 강력한 마법사였던 자가 흑마법으로 인해 되살아난 형태를 가리킨다. 리치는 전투에서 패하지 않는 한 영원불사하며, 그들의 신체는 비마법적인 공격으로 해칠 수 없다. 재료로는 경지에 달한 마법사의 유골과 영혼이 필요하다. 여타의 언데드와 달리 술자에게 종속되지 않으므로, 술법을 사용함에 있어서 충분한 주의가 필요하다.

사용시 필요점수 : 2000

술자에게 종속이 되지 않는다. 이건 중대한 차이점이로군. 리치의 개체수가 적을 수밖에 없는 이유였다. 술법에 2천점이나 들어가는 것도 부담이었다. 벌어놓은 포인트를 여기에 홀라당 꼬라박게 생겼다.

나는 이번에는 울쓰락의 설정을 확인해보았다.

– 울쓰락, 언더테이커

울쓰락은 에센가드의 장로마법사였으나, 마법사들의 비인간적인 행태에 환멸을 느껴 자리를 내려놓았다. 그는 그 후 세계 곳곳을 떠돌며 선행을 베풀다가, 쉐브릴과 접신하여 그녀의 사도가 되었다.

그는 언데드를 일으켜 군대가 필요없는 진정한 이상세계를 건설하고자 했다. 그는 칸나 주에 정착하여 세력을 규합하고 널리 쉐브릴의 복음을 전파했다. 그의 계획은 상승가도를 달리고 있었으나, 신 바라스에서 노블리스트의 함정에 빠져 유명을 달리하게 된다.

전용기 : 망자의 군대, 다가오는 파멸, 죽음의 비

처치시 획득하는 점수 : 1050

어떻게 설정북으로 흑마법을 발동하는지는 고민할 필요가 없었다. 짚이는 게 있었으니까. 나는 펜으로 울쓰락의 설정 맨 끝부분에 새로운 문구를 덧붙였다.

- 울쓰락은 사후 노블리스트에 의해 리치로 되살아났다.

마지막 마침표를 찍는 순간이었다. 2천 포인트가 한꺼번에 빠져나가며, 어둠의 마력이 울쓰락의 몸뚱이를 휘감고 용천수처럼 분출하기 시작했다. 나는 급히 뒤로 물러나 소매자락으로 앞을 가렸다. 마력의 농도가 어찌나 짙은지 눈을 뜨고 있기가 힘들었다. 뼈가 갈려나가는 듯 섬뜩한 소리가 들려왔다. 휘몰아치는 마력을 검푸른 뇌전이 잇달아 관통했다.

'이것인가.'

설정북을 통해 마력친화력을 찍었기에, 나는 리치가 탄생하는 순간을 육감으로 또렷히 포착할 수 있었다. 시체의 위에 핵이라고 할 수 있는 마력의 덩어리가 생성되었다. 저것이 울쓰락의 모든 마력을 집결시킨, 리치의 생명의 원천이었다. 흡사 이글이글 타오르는 태양을 보는 것만 같았다. 그것은 시신을 분자 단위로 통째로 갈아버리며 육신을 새로이 재구성했다.

완성되었다. 죽음을 초월한 강대한 어둠의 생명체가. 그것은 로브를 둘러 인간의 형태를 유지하고 있었지만, 안에 들어있는 건 오롯한 암흑뿐이었다. 후드자락을 뚫고 두 줄기의 붉은 안광이 내게 뻗어왔다.

[테나단.]

"울쓰락."

나는 담담히 그의 이름을 불러주었다. 비록 내가 원해서 한 일이라고는 하나, 나는 그의 운명에 비애를 느끼지 않을 수 없었다. 살아서는 신의 노리개였으며, 자신을 죽인 자의 손에 의해 언데드로 부활한다. 가히 판타지판 막장드라마가 따로 없군.

[테나단, 나는 쉐브릴의 혼돈을 거닐고 있었다.]

"지낼 만했어?"

[나는 어리석은 꿈을 꾸었다. 네게 죽은 후 내 눈과 귀를 가려오던 모든 거짓이 베일을 벗었다. 나는 여신에게

속고 있었다. 나는, 나는…… 악신의 앞잡이가 되어 참담한 짓을 저지르고 있었던 것이다.]

"지금이라도 깨달아서 다행이네. 날 이해해주리라 믿어. 그때가 아니고서는 네게 손을 쓰기 힘들다는 걸 알고 있었거든."

[이해한다. 나는 멈춰져야만 했다. 모든 것이 명료해졌다. 너는 나를, 그리고 쉐브릴을 죽임으로서 이 땅에서 혼돈의 위협을 완전하게 뿌리 뽑았다. 네 힘과 결단력, 그리고 그 숭고한 정신에 경의를 표한다.]

울쓰락은 몸을 천천히 굽혀 내게 절을 했다. 나는 왠지 머쓱해져 뺨을 긁적였다. 리치에게 절을 받다니, 그것은 내가 읽어온 어떤 소설에서도 나오지 않았던 괴이쩍은 경험이었다.

한편으로는 이해가 가지 않기도 했다. 그는 지나치게 정중했다. 저 아우라가 겉멋으로 검은색인 건 아니지 않겠나.

"기분은 좀 어때? 언데드라면 많이 만들어봤겠지만, 체험해보는 건 처음일 텐데 말이야."

[나쁘지 않다. 오히려 살아있을 때보다 더 쾌적한 것 같기도 하다.]

"쾌적하다고?"

[고통, 허기, 피로, 노화. 나는 모든 육신의 속박에서 벗어났다. 나는 예전보다 더욱 강해졌다.]

과연 그런 것 같았다. 울쓰락은 생전에 받았던 인상보다 월등히 강인해보였다. 거기에는 말투가 바뀐 것도 한몫했다. 온화한 사제가 아니라 젊은 군왕(軍王) 같달까. 나는 이 변화가 그의 정신이 온전하지 않다는 뜻은 아닐지 걱정이 되었다.

"울쓰락. 너도 잘 알다시피, 우리는 주술적 계약관계로 묶여있지 않아. 넌 자유야. 뭐 하고 싶은 일이라도 있어?"

[하고 싶은 일은 없으나, 해야만 하는 일은 있다.]

"해야만 하는 거?"

[테나단, 네 말이 맞았다. 나는 내가 뿌린 씨앗이 이 땅을 피로 물들이는 것을 지켜보았다. 통제를 벗어난 망자는 재앙과도 같았다.]

붉은 안광이 깜박이처럼 명멸했다. 그는 슬퍼하고 있었다.

"설마 네 도시가 모두 언데드 군대에 망해버렸단 말이야?"

[그건 아니다. 내 군대는 쉐브릴에게 빌린 마력에 의해 유지되고 있었다. 그녀가 사망하자, 대부분의 언데드들 또한 안식으로 되돌아갔다. 그러나 일부 개체는 스스로의 힘만으로도 움직일 수 있을 만큼 강력했고, 피해는 그들에게서 비롯되었다.]

"그렇군."

[나는 죄악의 무게로 고통 받고 있다. 그 고통에 비하면 혼돈에 사로잡힌 것쯤은 아무것도 아니었다. 나는 내가 불러온 비극을 바라만 봐야 한다는 것에 절망했었다. 네가 아니었더라면, 그 절망이 나를 집어삼켰을 것이다. 너는 나를 두 차례나 구원해주었다. 나는 그 빚을 갚아가야만 한다.]

"그 뜻은…."

[나는 너를 주인으로서 섬기겠다. 내 영혼은 온전히 네 것이다, 테나단.]

울쓰락은 천천히 허리를 숙였다. 그 울쓰락이 리치로서 내 부하가 되다니. 기가 막힌 스토리였다. 그가 죽었을 때, 이 모든 일의 결말이 이렇게 끝나리라고는 누구도 예상하지 못했을 것이다.

하지만 나는 신중하게, 다시 한 번 그의 의사를 확인했다.

"울쓰락, 나는 필요에 의해 너를 살려냈어. 난 네게 부탁할 일이 많아. 그러나 내게 신종(臣從)하는 게 네 속죄에 도움이 된다는 보장은 없어."

[테나단. 나는 혼돈의 틈에서 많은 진실과 마주했다. 더 이상의 말은 불필요하다. 나는 네게 확신을 가지고 있다.]

울쓰락은 흔들림이 없었다. 비록 기질이 조금 변했더라도, 울쓰락은 울쓰락이었다. 그의 영혼은 리치의 비술로도 타락하지 않았다. 신조차 거짓말을 해야 하는 작자였다면 말 다했지 않나.

어쨌거나 그가 나를 지지해 준다면 반가운 일이었다. 꼬장꼬장한 사람이었다면 화해를 할 걱정부터 해야 했을 텐데 말이야.

"좋아. 앞으로 잘 지내보자고."

[영광이다. 신살자여.]

그의 몸이 영체로 대체되었기 때문에, 우리는 악수를 나눌 수는 없었다. 대신 우리는 뜨거운 눈빛을 교환했다. 레이저 포인터를 찍듯 붉은 안광이 내 정수리를 열렬하게 비추고 있었다.

나는 그날 밤 성벽 위에서 잠을 청하기로 했다. 알렉산더 대왕에게 이런 일화가 있다. 사막을 행군하는 와중에 한 병사가 물을 바쳤더니, 모든 병사가 보는 가운데 그 물을 쏟아버렸다고.

지휘관이 솔선수범을 하면 아랫사람들은 힘을 낸다. 병사들을 성벽에서 재우면서 나 혼자 매트리스 신세를 질

수는 없었다. 그게 바로 지금 내가 딱딱한 돌벽 위에서 떨고 있는 이유였다.

나는 모포깃을 여미며 몸을 호미처럼 구부렸다. 눈을 감고 잠을 청해보았지만, 아무리 시간이 흘러도 정신이 말똥말똥했다. 머릿속엔 이런저런 걱정거리가 둥둥 떠다녔다.

알테온, 라이트브링어. 그는 무슨 책을 가지고 있을까? 그 물음이 아까부터 머리를 떠나지 않았다. 그 또한 언더테이커 못지않은 사기스러운 책을 한 권 지니고 있을 터였다. 분명히 그럴진대, 라이트브링어란 이름만으로는 도무지 책의 능력을 유추해낼 수 없었다.

그나저나 겁나 춥다. 추위에는 용의 힘이고 자시고 장사가 없었다. 나는 눈사람마냥 두 팔을 부둥켜안았다.

'응?'

앞에서 인기척이 느껴졌다. 부드럽고 따스한 것이 내 옆을 파고들었다. 나는 놀라 눈을 떠보았다.

"베로니카?"

그녀는 붉은 머리카락을 올려 묶은 채로, 모포도 없이 내 곁에 엉덩이를 붙이고 있었다.

"너 안 추워?"

그녀는 말없이 고개를 끄덕였다.

불의 정령술사라는 거겠지. 그래서인지 체온이 되게 따뜻했다.

"아까부터 보고 있었는데, 너 너무 떨더라."

그녀는 그렇게 말하면서 살풋 웃었다. 나는 넋을 놓고 그녀의 얼굴을 쳐다보았다. 이 애, 이렇게 예뻐도 되는 걸까.

"내가 좀 추운 거에 약해."

"약한 게 하나쯤 있는 건 괜찮다."

베로니카는 그렇게 말하며 내게 몸을 더 밀착시켜왔다. 심장이 방정맞게 뛰기 시작했다. 몸이 맞닿는 감촉이 너무 좋았다. 그 부분부터 녹아내릴 것만 같이.

"베로니카."

나는 무심코 그녀의 이름을 불렀다.

"응?"

"전투가 끝나면 뭘 해보고 싶어?"

별다른 뜻이 있어 물어본 건 아니었다. 그저 뭐라도 말을 걸어보고 싶었다.

베로니카는 내 의도를 읽으려는 듯 나를 빤히 바라보았다. 그녀는 한참을 그러더니, 물어본 내가 무안해질 즈음에 붉은 입술을 달싹였다.

"전투는 끝나지 않는다, 테나단."

"그렇겠지. 하지만 해보고 싶은 건 있지 않을까? 시간이 항상 안 나는 건 아니니까."

"바라는 건 없다."

긴장감은 여전했다. 팔을 흔드는 관절이 뻣뻣하기가 나무토막이 따로 없었다.

물론 설정북을 가진 입장에서는 둘의 우열이 훤히 보였다. 일대일 싸움으로는 불칸이 이길 것이다. 불칸은 업그레이드 된 나와 맞먹을 만큼 강한 무장이니까. 그러나 군을 통솔하는 능력으로는 개넌이 한 수 위였다. 개넌은 이끄는 부하들이 많으면 많을수록 강해지는 타입이었다.

"불칸. 개넌이 상황을 파악할 수 있게끔 설명을 해주겠어?"

"예."

불칸은 철추를 들어 높이 솟은 내성벽을 가리켰다.

"보다시피 신 바라스는 외벽과 내벽으로 나뉘어져 있습니다. 내성벽은 영주관사와 공관, 사제관 등 중요한 건물들을 보호하고 있습니다. 전투가 개시되면 테나단님께서는 내성벽의 성루로 가주셔야 합니다."

"알겠어."

나는 착한 학생처럼 고분고분히 대답했다. 나는 이번에야말로 주어진 역할에 충실하기로 결심했다. 니바 공방전 때와 같은 실수는 반복되지 않을 것이다. 내 위치를 지키고, 전쟁의 큰 그림을 그려 나간다. 내가 나설 때란 오직 그럴 수밖에 없을 최악의 사태에 한정해야했다.

"바라스는 사방이 탁 트인 개활지에 위치해 있습니다. 우리는 동서남북의 외성벽을 모두 지켜야 합니다. 각각의 벽에는 한 명의 장군씩 전담을 하여 수비에 임합니다. 우선, 동쪽벽은 베로니카님이 맡아주셨습니다. 동쪽벽은 적의 진군방향과 정면으로 마주하고 있어 강한 화력이 필요합니다."

적은 동쪽에서 나타날 것이다. 베로니카는 적이 넓게 퍼지기 전에 광범위한 화염기술로 제압을 한다는 게 임무였다.

"서쪽은 카타냐님입니다. 서벽은 네 개의 벽 중 가장 낮고 허술한 곳입니다. 등벽(登壁)을 해올 적의 정예를 빠르게 해치울 수 있는 실력자가 필요합니다."

서벽에 카타냐를 추천한 건 나였다. 나는 내 장수 중에 누가 제일 강한지 알고 있으니까.

"남은 건 북쪽과 남쪽인데, 북쪽에는 전장을 내려다볼 수 있는 망루가 마련되어 있습니다. 저는 망루에서 전장의 전체적인 조율을 합니다."

"저는 그럼 남벽이겠군요."

"아닙니다."

불칸은 무언가 못마땅한 듯 인상을 찌푸리며 말했다.

"남쪽벽은 언데드 부대가 지킵니다. 개넌님은 예비대입니다. 외성벽 안에 대기를 하고 있다가, 신호에 따라 위급한 곳을 도우러 가시면 됩니다."

울쓰락과의 앙금을 완전 털어버린 건 아니구나. 저렇게 인상을 쓰는 걸 보니.

울쓰락이 대단하긴 했다. 꺼림칙할 정도로. 그는 쉐브릴의 힘을 빌리지 않고서도, 벽 하나를 메꿔버릴 만큼의 언데드를 하루아침에 만들어버렸다.

물론 급조된 만큼 대부분의 언데드는 허약했다. 그러나 부실한 전력은 리치로 재탄생한 울쓰락이 메꿔줄 것이다. 그는 죽음을 초월하면서 어마어마한 권능을 부여받았다. 괜히 리치의 비술이 모든 사령술 중에서도 최상위권에 위치한 게 아니었다.

"신 바라스의 수비병 구천에 언데드 병사 천, 그리고 개넌님의 병사 삼천을 더하면 아군 총병력은 일만삼천입니다. 이에 맞서는 적은 약 일만 가량의 성전사입니다."

"쉽지 않겠군요."

개넌의 첫 마디는 내 예상과 일치했다.

"그렇겠지?"

"예. 힘든 싸움이 될 것 같습니다. 울토르의 밑에 있을 때 성전사들과 몇 번 마주쳤던 적이 있었습니다. 아주 질긴 자들입니다. 일반병만으로는 상대하기 힘들 겁니다."

'질긴', '성가신', 내가 성전사를 설정하며 의도했던 그대로의 단어들이었다. 이렇게 싸우게 될 줄 알았으면 욕심을 덜 낼걸 그랬다.

"곧 적이 모습을 드러냅니다. 그 전에 준비를 마치셔야 합니다."

"그래, 슬슬 각자 위치로 돌아가자. 그리고 당부하는데, 다들 죽지 마라. 죽으면 확 언데드로 만들어 버릴 테니까."

"예."

"절대 죽지 않겠습니다."

불칸이 진저리를 치며 대답했다. 나는 낄낄 웃으며, 흑룡을 쥐고 내성벽의 성루로 향했다. 흑룡의 퀄리티는 더없이 만족스러웠다. 다만 언제나 그렇듯이 이놈의 키가 문제였다. 계단을 오를 때마다 창대가 바닥에 툭툭 닿았다.

성루에는 나를 지키기 위한 정예병들이 파견되어 있었다. 갑옷을 입은 배틀메이지와 정령술사 등으로, 이들의 대장은 아사드였다.

"오셨습니까."

아사드는 짤막히 인사하며 나를 건물 안으로 맞아주었다. 그 또한 갑옷을 빈틈 없이 차려입었다. 허리에는 무려 메이스까지 찬 채였다. 그렇다고 그가 싸울 수 있다는 뜻은 아니었다. 그의 역할은 어디까지나 내 보좌역이다.

나는 동벽이 잘 보이는 창문가에 자리를 잡았다. 베로니카가 보이지 않을까 싶었는데, 역시 여기서는 식별이 어려웠다.

“이것을 쓰십시오.”

아사드가 원안경을 건네주었다. 마법이란 편리한 설정으로, 원안경의 배율은 어지간한 망원렌즈 못지않았다. 나는 그것으로 도시 여기저기를 살펴보았다. 보따리를 이고 황량한 거리를 뛰어가는 여인이 보였다. 임시로 차려진 배급소에선 아침식사를 나눠주고 있었다. 줄을 선 사람들은 나무나 장식이라도 된 듯 움직임이 거의 없었다.

전운이 감돈다는 게 이럴 때 쓰는 말이겠지. 가슴이 답답해졌다. 얼마나 많은 사람이 죽을 것인지, 최후의 승자가 누가 될 것인지, 마지막에 내가 살아남기는 할 것인지, 아무것도 알 수 없다. 미래는 안개 속에 감춰져 있었다.

“잘 봤다.”

나는 아사드에게 원안경을 돌려주었다. 경호하는 십여 인의 눈이 내 움직임을 졸졸 따라다녔다. 나는 일부러 자신만만한 표정을 지어주었다. 폭풍이 몰아치건 화탄이 쏟아지건, 배가 가라앉는 마지막 순간까지 선장은 결코 키를 놓으면 안 된다. 나는 내가 그 정도까지는 성장했다고 믿는다.

“새로운 소식이 있을까?”

“곧 적이 가시거리에 들어올 겁니다.”

“그렇군.”

나는 무심코 위를 올려다보았다. 잿빛 구름이 하늘을 가득 메우고 있었다. 습도가 높아 공기가 끈적끈적했다.

“비가 올 것 같은데…….”

“이건 좋지 않군요.”

성전사는 마법과 정령술에 무척 배타적인 집단이었다. 그들은 오직 신의 은총과 육체적 힘만을 숭상했다. 때문에 우리 군은 화염마법을 통한 광역공격에 한 가닥 기대를 걸고 있었다. 비가 내리기에는 이보다 더 부적절한 때가 없다는 뜻이다.

뿔나팔 소리가 울려 퍼졌다. 짧게 세 번, 이것은 적 발견 신호였다.

“옵니다.”

처음에는 물이라도 차오르는 것처럼 보였다. 지평선을 따라 은색 띠가 스멀스멀 차올랐다. 우리는 도시 내에서 가장 고지대에 있었기 때문에, 은색의 물결이 번져가는 걸 제대로 관측할 수 있었다. 그것은 물도 띠도 아닌, 거대한 군집을 이룬 인간들이었다. 은색 갑옷을 입은 성전사들이 정연하게 행군해오고 있었다. 거리가 아직 한참 남았는데도 불구하고 성스러운 찬트가 여기까지 들려오는 듯했다.

"대단하군요."

아사드는 그답지 않게 감탄했다. 적임에도 불구하고 찬탄을 할 수밖에 없는 위용이었다. 한편으로는 걱정도 되었다. 나처럼 강한 인간도 불안해질 정도라면, 지금쯤 내 부하들은 어떻겠는가?

적병들은 마법의 사거리 밖에서 진형을 구축하기 시작했다. 백인 단위의 방진이 모이고 모여 가로축 오 킬로미터가 넘는 횡진이 구성되어갔다. 마치 기계로 짜 맞춘 것처럼 일사불란한 움직임이었다.

일만, 소설 속에서 흔히도 써먹었던 단위이거늘, 이렇게 적으로 마주하니 무게감의 차원이 달랐다. 드넓은 평야가 은빛으로 뒤덮여 본래의 색을 잃을 지경이었다. 함성 소리가 온 들판에 쩌렁쩌렁 메아리쳤다.

"저들이 칸나 최강이라는 게 영 헛소리는 아닌 것 같습니다."

아사드는 남 이야기를 하듯 덤덤하게 말했다.

"그거 다시 줘 봐."

나는 아사드에게 다시 원안경을 건네받았다. 적진에서 움직임이 있는 것 같았다. 백마를 탄 성전사가 홀로 말을 몰아와 성벽 아래까지 접근해왔다. 원안경의 사각지대라 그 다음부터는 살펴볼 수 없었다.

"통상적인 항복 권고 절차일 겁니다."

"알아서 잘 거절하겠지?"

동벽 담당이 베로니카인데, 잘 처리해내려나 모르겠다. 수틀린다고 다 불태워버리는 거 아냐.

"어라?"

나는 눈을 크게 떴다. 한 줄기 바람이 마력을 싣고 다가오고 있었다. 이상을 감지한 근위대원들이 각자 무기를 뽑았다. 바람은 내 옆 창문으로 훅 들어오더니, 순식간에 장신의 남자로 탈바꿈했다. 남자는 내게 무릎을 꿇었다. 안면이 있는 자였다.

"너는 장다르로군."

"주군."

한스가 그때 호언을 했었지. 내가 손을 쓰는 것보다 장다르가 자길 데리고 도망치는 게 더 빠를 거라고. 그는 내가 알아봐준 게 기쁜지 희미하게 웃음을 띄웠다.

"알테온군으로부터의 통첩문입니다."

장다르는 내게 빳빳한 종이 한 장을 주었다. 종이에는 빼곡한 문자와 함께 알테온의 직인인 천칭 마크가 찍혀있었다.

- 나는 칼트의 사도, 알테온이다.

문서는 알테온의 자기소개로 시작하고 있었다.

– 테나단, 너는 칼트의 보호아래 있어야 할 도시를 침탈하였다. 너는 그릇된 신의 힘을 부려 사람들을 현혹하였고, 칼트의 미덕을 진창 속에 빠뜨렸다. 이는 극형에 해당하는 중죄이다.

경고하겠다. 더 이상 너의 이기심에 시민들을 끌어들이지 마라. 성문을 열고, 칼트의 광휘 앞에 머리를 조아려라…

"어이가 없군."

"뭐라고 쓰여 있습니까?"

"직접 봐."

나는 읽어나가다 말고 아사드에게 종이를 넘겨주었다. 앞뒤로 빽빽한 문서는 빛이니 신이니 실컷 떠들어대고 있는데, 결국에는 모든 문구가 협박으로 귀결되었다. 신의 진노가 너희를 향할 것이라는 둥, 성벽을 허물고 심판의 철퇴를 내릴 것이라는 둥.

아사드는 안경을 쓰고 문서를 빠르게 검토했다. 그러더니 짧게 논평했다.

"일고의 가치가 없습니다."

"들었지?"

나는 장다르에게 종이를 떠안기다시피 건네주었다.

"도로 들고 가. 그리고 녀석들의 전령 앞에서 반으로 찢어버려."

"찢습니까? 둘로?"

"그래. 시원하게 부탁한다."

"알겠습니다."

장다르는 다시 바람이 되어 성벽으로 날아갔다. 나는 그의 뒷모습을 적이라도 되는 것처럼 노려보았다. 알테온, 소설 속에서 테나단의 호적수였던 자와 드디어 피할 수 없는 결전을 맞이하게 되었다. 내 대답은 준비되어 있었다. 승리, 그것이 아니면 죽음을.

메시지는 전달된 것 같았다. 전장의 분위기가 바뀌는 걸 피부로 체감할 수 있었다. 이때를 기다리기라도 한 듯, 빗방울이 툭툭 떨어지기 시작했다.

"망할."

나는 하늘을 원망스럽게 올려다보았다. 빗줄기는 금세 굵어졌다. 소낙비가 골목골목을 덮으며 허연 운무를 피워냈다. 이러면 마법도 마법이지만, 화살의 위력이 줄어드는 게 뼈아프다.

적은 좌우로 넓게 정렬했던 부대를 점점 중앙으로 집결시켰다. 우리가 예측했던 전개는 아니었다. 나는 원안경에서 눈을 떼지 않으며 아사드에게 물었다.

"아사드, 저거 보여?"

"잘 보입니다."

적은 도시를 포위하는 데 관심이 없어보였다. 그들은

동벽 앞에 전병력을 집중시키고 있었다. 게다가 적의 전열은 보병이 아니라 기병이었다. 기병들은 착마를 하고, 당장에라도 돌격을 해올 것처럼 대열을 가다듬고 있었다.

"재들 왜 저런 것 같냐? 사열식이라도 하나?"

"기병이 전면에 나섰군요. 잘은 모르겠습다만 예의주시할 필요가 있습니다. 일단 과시용은 아닐 겁니다."

"동의해. 그러기에는 너무 진지한 녀석들이니까."

나는 내가 짰던 설정 내에서 성의 한쪽 면만 공략하는 전술이 있나 되새겨보았다. 그러나 딱히 떠오르는 게 없었다.

"보이는 그대로를 놓고 보자면, 적은 돌격전술을 들고 나왔습니다. 이는 아군의 성벽을 돌파할 자신이 있다는 뜻으로 해석됩니다."

"그건 말이 안 되잖아."

"예, 그건 말이 안 됩니다."

성벽은 폼이 아니다. 녀석들이 유난히 공성무기를 많이 가져오긴 했다. 그러나 공성병기란 마법사를 대신할 궁여지책일 뿐, 저런 원시적인 무기로는 큰 전과를 기대하긴 힘들었다. 원거리 화력전이 벌어진다면 저들은 결코 우리를 이길 수 없었다. 현대전은 마법과 정령술에 의해 결정지어진다 해도 과언이 아니니까.

"하지만 적의 약 삼할이 기병전력입니다. 이는 통상적인 수준을 넘어선, 비대칭의 병력조합입니다. 의심해볼만한 구석은 있습니다."

"성벽을 부수기라도 한다는 거야? 그게 가능하다면 뭣하러 힘들게 성을 쌓겠어?"

나르바하에도 대단위 공격마법이라는 게 있었다. 그런 게 있다면 대단위 방어마법이란 것도 존재했다. 공격보다 효율이 더 좋은 게 방어였다. 괜히 내가 방어마법을 못 뚫는다고 징징댄 게 아니란 말씀이다.

"주군의 말씀이 원칙적으론 옳습니다. 그러나 상대는 사도입니다. 신의 힘을 빌려 이적을 행하죠. 게다가 신성마법의 체계는 신마다 다르고, 같은 신을 모시는 신앙이라도 학파에 따라 다릅니다. 우리가 모르는 강력한 보조마법으로 공성무기를 강화할 수도 있습니다."

"성벽을 부술 만큼?"

"예. 어디까지나 가정의 이야기입니다."

그래, 가정의 이야기겠지. 그게 불가능하다는 건 누구보다도 내가 잘 알고 있다. 칼트의 힘은 공성무기를 강화하는 쪽과는 거리가 멀었다. 그들은 신성마법 중에서도 가장 직접적이고 공격적인 계통의 마법을 구사했다. 판타지에서 흔히 말하는 오러블레이드라는 게 그들의 독문마법(獨門魔法)이었다.

만약 공성무기에 미지의 힘이 깃들어 우리 성벽을 다 때려 부순다면, 그건 라이트브링어의 권능일 확률이 높았다. 이 전투에서 내가 모르는 변수란 그것뿐이었다.

– 칼트의 영광, 정의의 부름….

빗소리를 뚫고 노랫가락이 들려왔다. 일만 성전사가 부르는 찬트가 평원을 떵떵 울리고 있었다. 아군도 군가로 대응을 하였으나, 저 음량을 덮기엔 역부족이었다. 찬트는 단순한 노래가 아니라, 신성력으로 행하는 주술이었다. 성전사의 육체는 찬트로 극대화되어 한계 이상의 힘을 이끌어낸다. 전투는 이미 시작된 것이나 마찬가지였다.

"아군 마법사들에게 공격신호를 보낼까요?"

아사드가 물었을 때였다. 일순 시야 앞이 하얗게 밝아졌다. 찬란한 빛의 기둥이 구름을 가르며 동벽을 비추었다.

"저건 대체……."

병사들은 넋을 놓고 빛의 기둥을 쳐다보았다. 그것은 맹세코 내가 만들었던 그 어떤 마법과도 닮지 않았다. 그리고 내가 만들었던 마법의 규격을 아득하게 초월하고 있었다.

머릿속에서 경종이 울려 퍼졌다. 예감이 정말이지 좋지 않았다. 빛은 점차 강도를 더해갔다. 이윽고는 마치 번개가 번쩍이듯, 보이는 모든 것이 백색으로 물들어갔다. 나는 눈을 부릅뜨며 동벽을 쳐다보았다. 이제 이것은 단순한 광채가 아니었다. 마력이었다!

"테나단님, 위험합니다!"

근위병들이 몸을 던져 내게 달려들었다. 나는 잡고 있는 난간을 저도 모르게 으스러뜨렸다.

'베로니카…!'

비구름을 배수구처럼 빨아들이며, 하늘에서 지름 일 킬로미터도 넘어 뵈는 에너지의 창이 뛰쳐나왔다. 그것은 눈을 멀게 할 것만 같은 광채와 함께 그대로 동벽을 직격했다. 귀청이 떨어져나갈 듯한 폭음과 함께, 마치 원자탄이 격중한 듯 엄청난 열복사반응이 일어났다. 폭심지에서 상승한 기체가 구름을 밀어내며 버섯의 형상을 만들어냈다. 박살난 돌조각, 인간의 파편, 흙알갱이가 끝 간 데를 모르고 퍼올려지고 있었다.

나는 망부석처럼 굳은 채로 그 광경을 지켜보았다. 동벽은 흔적도 없이 사라져버렸다. 그곳에 배치되었던 이천여 명의 병사들과 같이.

알테온의 힘이 이것이었다. 이것이 바로 라이트브링어의 권능이었다.

'신벌(神罰)!'

녀석은 신의 진노를 구현할 수 있었다. 심판의 철퇴를 내리겠다는 녀석의 엄포에는 조금의 과장도 없었던 것이다.

실로 소름끼치는 능력이었다. 쉐브릴이 왜 기도 못 펴고 죽었던가? 신의 힘은 그 강대함만큼이나 제약이 극심했다. 본래의 파워를 간직한 채 지상에 현신하려면 나라 하나를 송두리째 바쳐야 가능할까 말까였다. 그러나 내가 짐작해낸 대로라면, 녀석은 포인트만 있으면 얼마든지 그것이 된다는 이야기였다.

적 기병이 움직이기 시작한 게 그때였다. 집단을 이룬 인마가 불타는 대지에 지진을 일으켰다. 일제히 뽑아든 오러블레이드가 흡사 별무리가 쏟아지는 듯했다.

"신이시여……."

누군가가 절망어린 탄식을 내뱉었다. 삼천명의 기병은 쐐기대형을 이룬 채로 동벽 안으로 난입했다. 거칠 게 아무것도 없었다. 민간인이 섞인 보급부대와 개넌의 예비대가 급히 앞을 가로막았지만, 차라리 계란으로 바위를 치는 게 나을 지경이었다.

나는 원안경을 내려놓았다. 적 기병이 아군 보병의 저지선을 분쇄해버리는 것을 본 직후였다.

"주군."

아사드가 나를 불렀다.

"적은 아직 바라스를 포위하지 않았습니다."

"그래서?"

"서문으로 빠져나가십시오."

나는 내 귀를 의심했다.

"농담이지? 다른 사람이 그 말을 했으면 내 손에 죽고 싶은 줄 알았을 거다."

"예, 농담입니다."

그는 눈썹 하나 까딱않고 말했다.

"가서 싸우십시오. 신 바라스를 구해주십시오."

그는 여느 때처럼 냉정하게 말했다. 그러나 나는 그 말에 묻어나는 분노를 모를 정도로 멍청하지 않았다. 그는 내게 물어본 것이다. 당신은 당신이 불러들인 재액을 감당할 수 있는 군주입니까, 하는.

"접수했다."

나는 흑룡을 쥐고, 병사들에게 큰 목소리로 외쳤다.

"전원, 나를 따라와라!"

"예!"

성루에 배치된 자들은 나를 근접호위하기 위해 추려낸 실력자들이었다. 나는 그들을 모두 이끌고 나갔다. 내친 김에 내성벽에 배치된 병력들도 모조리 동원했다. 지금 벌어지고 있는 전투에서 진다면 내성벽 따위 지켜봤자니까. 이렇게 모인 병사가 오백 명이었다. 나는 장군마에 올라타 위풍도 당당히 군을 인솔했다.

외성의 거주구역은 아직도 폭발의 여파가 생생했다. 빗물과 뒤섞인 잿가루가 쉼없이 낙하하고 있었다. 베로니카의 생사를 알 수 없어 마음이 진정되지 않았다. 그러나 나는 그럴수록 머리를 식히려고 노력했다.

그녀는 무사할 것이다. 설령 신의 개입이 있었다 하더라도, 광역기에 일격에 즉사할 만큼 그녀는 약하지 않다. 그녀를 믿자, 그리고 지금은 해야만 하는 것에 집중하자. 수많은 생명이 덧없이 스러지고 있다. 내 이름으로 대지에 피가 흩뿌려지고 있었다.

적 기병대는 시가지 곳곳에 흩어져 있었다. 기병의 돌파력을 줄이기 위해 개넌이 시가전으로 끌어들인 결과였다. 우리 앞에도 이삼백은 되보임직한 기병이 돌아다니는 중이었다.

길이 아주 없지는 않겠다. 우선은 눈앞의 적을 각개격파한다. 나는 말의 배를 힘껏 걷어차며 외쳤다.

"한 놈도 살려두지 마라!"

적도 우리를 눈치 챘다. 녀석들은 전혀 긴장하는 태도가 아니었다. 그렇다고 해서 방심하는 것도 아니었다. 녀석들은 광신으로 연마된 살인기계였다. 놈들은 오러블레이드를 겨누며 마주 말을 몰아왔다.

얇은 벼락이 공기를 훅 불태우며 뻗어나갔다. 냉기, 화염 등의 원소마법이 뒤를 이었다. 성전사 몇 놈이 말과 함께 고꾸라졌다. 그러나 전체적으로는 미미한 피해였다. 나는 흑룡을 앞으로 꼬나들었다. 임팩트의 순간이 가까워지고 있었다.

"하압!"

나는 흑룡을 크게 휘둘러 성전사 두 놈을 한꺼번에 베었다. 갑옷이 짜부라지는 소리가 섬뜩하기 그지없었다. 오러블레이드도 좋은 기술이긴 하지만, 마상에서 돌격창술을 따라갈 재간은 없었다. 창은 검이 닿지 않는 거리에서 공간을 지배했다. 어찌어찌 길이의 갭을 메꾼다고 하더라도, 그때부터는 실력의 갭을 맛보게 될 것이다.

"크악!"

나는 성전사들의 사이에 뛰어들어 일대 혼란을 일으켰다. 흑룡이 번쩍일 때마다 한 명 이상의 성전사가 칼트의 품으로 돌아갔다. 그들이 아무리 질기건 튼튼하건 내겐 아무런 문제가 되지 않았다. 일격에 두 동강을 내버린다는데 신성마법이 무슨 소용이냐.

선혈이 낭자하고, 잘린 사지가 눈앞을 날아다녔다. 나는 미친놈처럼 쑤시고 베며 돌아다녔다. 쉴 수는 없었다. 아군의 피해도 속출하고 있었다. 엄선한 정예들임에도 불구하고, 말까지 탄 성전사를 상대하기에는 힘에 부치는 것 같았다.

그렇게 약 오 분을 싸우자 성전사들은 기어이 기세가 꺾이고 말았다. 내 주변으로 처참히 토막난 시체가 바리케이트를 형성할 지경이었다.

"시시하군."

나는 흑룡을 가벼이 휘둘러 피를 털어내었다. 생존한 몇몇 적들은 말머리를 돌려 달아났다. 아군의 사상자는 오십여 명. 적지 않은 전력누수가 발생했다. 그러나 그들은 나를 통해 해낼 수 있다는 자신감을 가지게 되었다. 그 자신감이 중요했다. 나르바하의 인간에 한계란 없다. 마력으로도, 완력으로도 인간은 신의 경지에 닿을 수 있었다. 나는 그들에게 그것을 가르쳐줄 작정이었다. 나는 흑룡을 힘껏 치켜들었다.

"나를 따르라, 그러면 너희는 승리한다!"

"우오오오!"

병사들의 눈빛에서 투지가 흘러넘치고 있었다. 그들은 신의 종의 피맛을 보았다. 지금의 그들은 무슨 짓이든 저지를 수 있을 것이다.

도시의 중심부에는 시가지를 따라 전선이 형성되어 있었다. 각 벽에서 꾸역꾸역 증원군이 내려와 전선에 가담했다. 아군이 열세라는 건 멀리서도 어렵지 않게 알아볼 수 있었다.

최소한 조직력에서만큼은 아군이 우위에 서 있었다. 성전사들이 뛰어난 무력을 앞세워 난전을 벌이는 것과 달리, 아군은 한 몸처럼 덩어리가 되어 저항하고 있었다.

개넌이 분발해주고 있는 것 같군. 하지만 저건 버틴다고 해야 옳지, 제대로 된 전투라고 볼 순 없었다. 나는 빠르게 판단을 내렸다.

"이제부터 우리는 전선의 측면을 돌파할 것이다. 뒤처지지 않게 잘 따라오도록."

"예!"

나는 무장으로 치면 돌파형 장수였다. 내 가진 바 무력은 나르바하에 처음 넘어왔을 때와는 비교도 되지 않게 강해져 있었다. 지금이라면 내가 소설에서 숱하게 언급했던, 전략이고 뭐고 모조리 씹어버리는 전진돌격이 가능할 것이다.

나는 말을 점점 빠르게 몰아갔다. 적 기병들은 돌파력을 잃자 말에서 내려 싸우는 중이었다. 적이 기동력을 상실한 이때, 오백 명의 기습은 결코 무시할 수 있는 게 아니었다. 특히 나 같은 놈이 선봉장이라면.

나는 적의 측면으로 돌아가 벼락같이 소리쳤다.

"돌격하라!"

생각만큼 멋진 장면은 나오지 않았다. 나를 따르는 부

대는 기병, 보병, 마법사, 정령술사의 잡탕이었다. 때문에 나보다 빨리 뛰쳐나간 놈이 있는가 하면, 저만치 뒤에서 주문을 외우는 놈도 있었다.

"하아!"

나는 박차를 가하며 질풍처럼 적을 몰아쳤다. 용의 힘과 흑룡의 궁합은 환상적이었다. 말을 후려치면 말이 날아갔고, 무기를 후려치면 무기가 박살났다. 사람과 말을 동시에 벤다는 관용적인 표현이 문자 그대로 재현되고 있었다. 나는 내 앞을 막아서는 것들이 인간이라는 생각을 버려버렸다.

저들은 짐승이다. 내 가족을 해치려는 짐승.

"죽어라!"

그런 말을 했던 것도 같다. 박살을 내버린, 조금 전까지만 해도 살아있었던 것이.

우리는 적의 측면을 깨부수고 있었다. 병사들은 내 생각만큼 멋진 장면을 연출해주진 못했지만, 내 기대보다는 훨씬 분전해주고 있었다. 나의 초인적인 무용이 아군의 능력을 몇 백 퍼센트 강화시키고 있었다. 그것은 이 세계에 엄연히 존재하는 통솔력이란 힘이었다.

수없이 많은 성스러운 것들을 고혼으로 만들면서, 나는 한 가지 의문을 품을 수밖에 없었다. 성전사란 것들이 이다지도 무질서했던가?

측면에서의 기습에 적의 대응능력은 아메바를 연상시킬 만큼 비루했다. 놈들은 그저 옆구리를 찔려가며 허무하게 죽어나갈 따름이었다.

의문 두 번째. 적들은 무질서하지만, 아군은 여전히 형편없이 밀리고 있었다. 라인이 점점 도시의 안쪽으로 말려들어갔다. 아무리 성전사의 개인능력이 월등하더라도, 지금처럼 당나라군대 수준의 조직력을 가진 것들에게 전선의 유지조차 버겁다는 건 문제가 있었다.

그러한 의문들은 내 공격이 성공적일수록 가속되어갔다. 아군의 라인은 수습 불가능한 파국을 맞고 있었다. 뒤로 물러나는 속도가 워낙 빨라, 우리의 기습도 측면이 아니라 사선에 가까워지고 있었다.

그때, 기다란 포효가 전장을 뒤흔들었다.

– 우오오오오오오…….

"우왓!"

갑자기 말이 앞다리를 치켜드는 바람에 낙마를 할 뻔했다. 나는 말등에 몸을 붙이며 간신히 중심을 잡았다.

그보다, 방금의 소리는 대체 뭐였지?

인간의 성대에서 나온 소리가 아니었다. 뭔지는 모르겠으나, 육감이 말해주고 있었다. 지금 소리의 주인공이 바로 이 전장의 문제아일 것이라고.

나는 크게 창을 휘두르며 주변을 살폈다. 기병 대부분이 말에서 내려 있던지라 나는 수월케 '그것' 을 발견할 수 있었다. 수천 명의 병사들이 뒤섞여 악다구니를 쓰는 가운데, 코뿔소를 방불케 하는 철갑괴인이 아군을 작살내는 중이었다.

"허…."

놈의 존재감은 너무나 우월했다. 손짓 한 번에 예닐곱 명의 병사가 피떡이 되어 나가떨어졌다. 나는 녀석을 보는 순간 이 전장이 미쳐도 단단히 미쳐 돌아가고 있음을 깨달았다. 나는 신벌을 부르는 라이트브링어 따윌 설정한 적이 없다. 일격에 성벽을 박살내는 마법도, 그리고 키가 삼 미터가 넘는 알테온의 장군도.

내 세계관에서 저런 덩치를 가질법한 인간형 종족은 오직 둘뿐이었다. 엘고어의 수인이거나, 아니면 노스고르드의 거인이거나. 그러나 둘 다 알테온의 성전사가 될 리가 없으니, 또다시 설정 밖의 이적이 일어난 것이다.

"라이트브링어……."

나는 입술을 깨물며 고삐를 틀어쥐었다.

"계속 몰아붙여라!"

나는 부하들을 격려하고는 전장을 이탈했다. 이들은 나 없이도 잘해나갈 것이다. 병사들은 사선을 넘나들며 매시

각각 강해지고 있었다. 당장 이들 중 하나가 전용기를 각성하더라도 전혀 이상할 게 없다는 뜻이다.

나는 아군의 후열을 크게 우회하여 괴물을 향해 말을 몰아갔다. 그러면서 나는 녀석이 뒤집어쓴 마법이 어떤 종류의 것일지 짐작해보았다. 물론 내 설정북에는 데이터가 전혀 없으니, 작가적 창의력을 동원한 추측이었다.

라이트브링어가 신의 힘으로 벌을 내릴 수 있다면, 반대로 축복을 주는 것도 가능하지 않을까? 만약 그렇다면 신이 줄 수 있는 가장 강력한 축복은 무엇일까?

– 아바타(avatar).

화신(化神)의 축복.

개념으로만 생각했지 설정북엔 단 한 줄 적어둔 적 없던 마법이었다. 저 괴물에게 가장 들어맞는 추측이기도 했다.

녀석은 이 순간에도 아군을 패대기치고 있었다. 놈은 항거할 수 없는 자연재해와도 같았다. 발을 구르면 땅이 갈라졌고, 검을 지르면 바위가 쪼개졌다. 병사들은 시체를 흩뿌리며 어찌어찌 진형을 유지하는 중이었으나, 발악 이상의 의미는 없었다.

"비켜라!"

나는 아군을 헤집으며 놈에게 전력으로 말을 몰아갔다.

"주군!"

소음 속에서 개넌의 목소리가 들려왔다. 그는 대열을 지키기 위해 분투하는 중이었다.

"아무 말 하지 마!"

나는 손을 뻗어 개넌을 가리켰다. 그가 하려는 말을 알 것 같았기 때문이다. 그는 내 반응이 의외였는지 멈칫거렸다.

"그리고 전선을 부탁한다!"

나는 말등을 걷어차며 날아올랐다. 거인은 내 접근을 전혀 눈치 채지 못하고 있었다. 나는 그의 머리 언저리까지 날아가, 흑룡으로 목덜미를 냅다 후려갈겼다.

"크아아아아!"

갑옷이 득득 우그러졌다. 날 끝이 생살의 감촉을 맛본 것도 같았다. 그러나 거기까지였다. 아바타화한 녀석의 방어력은 상상을 초월했다. 놈은 몸을 돌리며 내게 검을 휘둘렀다. 순간 무슨 대포한테라도 얻어맞은 줄 알았다. 이게 말이 검이지, 내 입장에서는 전봇대나 마찬가지였다. 나는 날아온 속도의 몇 배는 빠르게 땅으로 처박혔다.

"아오……."

나는 넘어진 채로 고개를 흔들었다. 골통이 격하게 진자운동을 하고 있었다.

이 일격으로 확실해졌다. 내가 녀석을 막지 못하면 오늘 일진이 매우 사납겠다는 걸.

"주군, 괜찮으십니까!"

"여긴 신경 꺼!"

나는 허리의 탄력만으로 몸을 일으켰다.

각자 잘할 수 있는 일을 하자고, 개넌.

"크으으……."

놈은 내게 큰 관심을 보이고 있었다. 저걸 혀 짧은 소리 낸다고 무시하면 안 된다. 접신의 충격으로 소프트웨어가 나가버린 모양인데, 하드웨어는 진짜배기니까.

놈은 쿵쿵 걸어와 마치 떡메를 내려찍듯 무지막지한 내려베기를 구사했다. 나는 이를 악물며 그것을 정면으로 받아냈다. 창대에서 전해진 충격파가 내장까지 뒤흔들어 놓았다. 공방은 그때부터가 시작이었다. 놈은 날 땅에 심어버리려고 작정한 것 같았다. 거듭되는 내려치기를 막아내느라 손아귀가 터져나갔다. 나도 당하고만 있지 않았다. 찌르기, 베기, 발차기, 모든 수단을 동원하여 반격에 나섰다.

등골이 오싹오싹했다. 숨이 코로 쉬어지는지 입으로 쉬어지는지 모를 지경이었다. 지금까지의 상대처럼 맷집으로는 버틸 수 없는 놈이었다. 단 일격만 허용해도 몸이 이등분이 나고 말 것이다.

녀석의 힘은 용의 힘을 습득한 나보다 한끗 윗줄이었다. 무기를 받아낼 때마다 관절이 으스러지는 것만 같았다. 하지만 기술적으로는 내가 한참 앞서 있었다. 나는 이따금 갑옷과 살을 베어내며 데미지를 누적시켜갔다.

놈의 발이 묶이자 전선도 소강상태에 접어들었다. 양군은 이 대결의 승자가 누가 될 것인가에 촉각을 기울이고 있었다. 우리의 격전은 그야말로 신화 속의 한 장면을 구현해낸 것 같았다. 나는 전력을 다해 녀석에게 부딪혀갔다. 우리는 서로에게 포효를 하고, 가열차게 무기를 휘둘렀다.

'지금이다!'

녀석의 내려찍기가 땅에 박혔을 때였다. 나는 놈의 검등을 밟아 도움닫기를 했다.

흑룡이 피를 갈구하고 있다.

나는 허공에 몸을 띄운 채 녀석과 눈을 마주쳤다. 신이 빙의된 눈깔은 제정신이 아니라는 걸 증명하듯 동공과 흰자의 경계가 없었다. 나는 그것을 직시하며 놈의 투구 사이, 목줄에 날을 힘껏 쑤셔 넣었다.

"끄륵…!"

잘린 기도에서 바람 빠지는 소리가 새어나왔다. 뼈를 가르는 감촉이 아주 좋았다. 나는 이것으로 녀석을 무력화시켰다고 확신했다.

"피하십시오!"

놈의 눈이 돌아간 게 그때였다. 녀석은 검을 놓으며 내게 주먹을 휘둘렀다. 공중에 몸이 뜬 상태라 피하고 자시고가 없었다.

내 몸통보다 더 큰 주먹을 보며, 나는 이것이 내 최후가 될 것임을 직감했다. 나는 눈도 깜빡이지 않고 임박해온 죽음을 쳐다보았다.

그때, 무언가 따뜻한 것이 나를 낚아채었다. 간밤에도 느꼈던, 무척 익숙한 열기였다. 붉은 머리카락이 시야를 가득 메웠다.

"베로니카?"

베로니카는 나를 안아든 채로 사뿐히 땅에 착지했다.

"무사했구나."

베로니카는 고개를 살짝 끄덕였다.

그녀는 핵폭발을 방불케 했던 공격을 받고도 다친 곳이 없어 보였다. 다치기는커녕 외려 마력이 봇물처럼 넘쳐흐르고 있었다. 거의 울쓰락이나 울토르에게서나 느껴질 법한 수준의 마력이었다.

"베로니카, 너 대체…."

"테나단."

그녀는 내 말을 끊으며 말했다.

"저놈은 마법적인 공격이 거의 통하지 않는다."

"그래, 괴물이더라."

"그러니 네가 끝을 내야 한다."

그녀는 내 흑룡에 슬쩍 손을 대었다. 흑룡이 즉시 시뻘겋게 달아오르기 시작했다. 가공할 마력이 창날에 초고속으로 집약되었다. 이 기술과 힘은 일찍이 내가 그녀에게 부여했던 것을 넘어서고 있었다.

"다시 한 번 목을 노려라. 지금이라면 가능하다."

"베로니카?"

"그동안 나는……."

붉은 눈동자가 불꽃처럼 일렁였다. 그녀는 그 말을 하며 내게서 등을 돌렸다.

"널 위해 싸우고 있겠다."

그녀의 등에서 홍염의 날개가 뻗어 나왔다. 강대무비한 마력이 불꽃의 깃을 화사하게 펼쳤다.

"어…."

나는 휘몰아치는 열기에 눈살을 찌푸리다가, 저도 모르게 입을 벌렸다. 그녀의 날개가 네 장이었던 것이다.

베로니카는 불꽃의 날개를 우아하게 펼치며 날아올랐다. 그녀의 비행경로를 따라 화염폭풍이 솟구쳤다. 날갯짓 몇 번 만에 전장은 불의 도가니가 되어갔다. 그 압도적인 자태가 흡사 고폭탄을 쏟아붓는 전폭기를 보는 듯했다. 어째서인지 그녀는 내 설정보다 훨씬 강력해져있었다.

이건 설마 아까의 폭발 때문인가? 막대한 열에너지가 그녀를 각성시켰다는 스토리?

자꾸 내 예상을 벗어난 범주에서 변수가 나오니 얼떨떨했지만, 그녀가 강해진 건 쌍수 들고 환영할 일이었다.

"자아."

나는 철갑괴인을 마주보았다.

이젠 우리가 못다 한 대화를 마무리 지을 차례였다. 내 흑룡은 불꽃을 머금은 뒤로 살아있는 것처럼 공명음을 내고 있었다.

순간가속은 쓸 수 없다. 하루에 두 번 쓰면 의식이 나가버린다는 걸 확인했으니까. 한 번의 기회는 알테온을 위해 남겨둬야만 했다.

"크르르……."

녀석도 나를 향해 전의를 불태우고 있었다. 놈의 목에서는 흰 연기가 솟아나는 중이었다. 연기를 따라 상처가 빠르게 아물고 있었다. 녀석은 내가 사기스런 능력으로 분류한 자가회복력의 소유자였다. 목뼈를 관통했는데도 회복이 될 정도면, 그냥도 아닌 상급 자가회복력을 목도 중인 것 같다.

"크아아아아아!"

놈은 입을 벌리며 무시무시한 괴성을 내질렀다. 근처의 병사들이 다리가 풀린 듯 주저앉았다.

이거야말로 짐승이군.

나는 녀석의 정면에 서서 투구를 보란 듯이 벗어 던져 버렸다. 내친 김에 갑옷도 쥐어 뜯어내버렸다. 아티펙트도 아닌 방어구로는 녀석의 공격을 막을 수 없다. 그러니 다 털어버리고 기동력을 극대화하겠다는 전략이었다.

놈은 두터운 발로 땅을 갈아엎듯 걷어찼다. 가도(街道)가 폭약을 터뜨린 듯 뒤집어졌다.

"크."

흙무더기가 눈앞을 가렸다. 시야가 흐려지자 염통이 마른오징어마냥 쪼그라들었다. 단 일 초를 실수해도 목을 상납해야 할 판국이었다. 나는 무작정 몸을 던져 땅을 굴렀다. 다행스럽게도 녀석의 머리는 그렇게까지 잘 돌아가지 않았다. 놈의 검은 내가 떠난 자리를 쪼개놓았다.

나는 벌떡 몸을 일으켜 녀석의 품으로 파고들었다. 예로부터 이런 괴수를 잡는 방법은 정해져 있으니까.

나는 놈의 넓적다리를 슬쩍 베고는, 다리 사이를 통과해서 녀석의 뒤로 돌아갔다. 덩치의 차이에서 오는 빈틈을 노린 것이다.

"크르르…."

놈은 뒤늦게 몸을 돌리며 송곳니를 드러내었다. 이때 나는 이미 일격의 준비를 마친 채였다.

"그만 쓰러져라!"

나는 녀석의 머리 위에서 전력을 다해 흑룡을 내려베었다. 흑룡의 타오르는 날이 녀석의 투구와 함께 머리를 양단해버렸다. 베어낸 것이 아니라 녹여버린 것만 같았다. 지져진 뇌수가 얼굴에 덕지덕지 튀었다. 불꽃을 머금은 흑룡은 갑옷과 살을 뭉개며 늑골까지 파고들었다.

나는 창을 한 바퀴 돌리면서 땅에 안착했다. 맹세컨대 이 동작은 폼 잡으려고 한 게 아니다. 엘체 기수식에 원래 있는 거라고.

"우와아아아아!"

집채만한 고깃덩이가 바닥에 몸을 뉘이자, 전장이 떠나갈 듯한 함성이 터져 나왔다. 병사들은 목에 핏대를 세우며 무기를 흔들어댔다. 반면 성전사들은 기가 죽은 모양새였다. 우리에게 이 괴물은 이지가 없는 살인기계에 불과했으나, 녀석들에게는 칼트의 아바타, 군신의 현신(現身)이었을 것이다. 그런 신성한 존재가 쓰러졌다 이거지.

"전사들이여, 적은 약하다!"

나는 때를 놓칠세라 목소리를 높였다.

"모조리 쓸어버려라!"

내 역투는 그들의 마음에 불을 지폈다. 통솔력이란 개념이 있다고 했지. 그렇다면 그게 극대화된 모습을 지금 볼 수 있을 거다.

병사들은 용기백배하여 성전사들을 몰아붙였다. 생사투가 끝난 걸 알았는지 말이 내 곁으로 돌아왔다. 장군마답게 아주 영리한 녀석이었다. 나는 말 위로 훌쩍 올라, 본격적으로 공격을 이끌기 시작했다.

활활 타오르는 불덩이가 머리 위를 스쳐갔다. 빗발을 뚫고 화살이, 그리고 낙뢰가 잇달아 떨어졌다. 전장은 바야흐로 반전의 국면을 맞이하고 있었다.

적은 신의 권능으로 동벽을 무너뜨리고 기병돌격을 해왔다. 거기서 아군이 박살났으면 아주 쉽게 성이 떨어졌겠지만, 개넌의 지휘력으로 라인을 지켜낸 게 반전의 열쇠가 되었다. 동벽과 서벽, 남벽에서 원거리 공격이 계속 날아왔다. 적들은 아군의 저지선을 돌파하지 못함으로서, 범의 아가리에 머리를 들이민 격이 된 것이다. 이걸 바둑용어로 호구라고 하지, 아마.

"길을 내어라!"

나는 흑룡을 앞세워 적의 대열을 짓뭉개며 돌아다녔다. 철갑괴인이 하던 짓을 이젠 내가 하고 있었다.

묘하게도 성전사들의 조직력은 괴인이 죽은 후로 형태를 갖춰가는 듯했다. 다 작전이었다는 거지. 아바타가 있을 때는 개인의 무력을 앞세운 각개전투를, 없을 때는 조직적인 집단전투를.

"이 한심한 것들!"

적의 야전사령관이 고함을 질렀다. 그는 나와 일 킬로미터 가량 떨어진 전선에서 병사들을 독려하는 중이었다.

"너희들은 칼트의 종이다. 신성한 사명을 기억해내라. 목숨을 바쳐 성전을 수행하라!"

그는 고래고래 소리를 지르며 부하들을 추슬렀다. 성전사들은 기본 전투력에서 아군보다 우월하기 때문에, 정신만 다잡으면 얼마든지 다시 승기를 가져올 수 있었다. 실제로 그 주변의 적들은 외려 아군을 몰아내는 중이었다.

그때, 기이한 일이 일어났다.

"칼트께서 너희들을 굽어…컥!"

부하 한 명이 그의 뒤로 슬그머니 다가오더니, 장검을 빼어 가슴을 찔렀다. 배후에서 기습을 당한 사령관은 찍소리도 못하고 맥없이 고꾸라졌다.

성전사들은 이 경악스런 사태에 싸우는 것조차 잊어버렸다. 지켜보던 나조차 그랬으니 그들은 말할 것도 없었다. 상관을 찔러 죽인 자는 거기서 한 술 더 떴다. 그는 피 묻은 칼을 내던지며 동료들을 향해 큰 소리로 외쳤다.

"동지들이여, 알테온은 우리를 버렸다. 우리를 기다리고 있는 건 죽음뿐이다! 항복하자, 그것만이 우리가 살 수 있는 길이다!"

그는 그러면서 무기를 내던지고 아군에게 투항했다. 곧 그는 아군의 사이에 스며들어 보이지 않게 되었다.

배신에 이은 투항이라. 있을 수 없는 일이었다. 전투가 없을 때 성전사들이 하는 일이라고는 사상교육 밖에 없으니까. 결코 일어날 수 없는 일이 일어났기에, 나는 그의 정체를 추측해낼 수도 있었다.

'카타냐.'

환영마법, 공작전술의 대가.

직접 보는 히란의 수법이란 비열하기 짝이 없었다. 적의 장수를 암살하는 것도 모자라 사기까지 짓밟아버리다니.

물론 남이 하면 불륜이고, 내 사람이 하면 로맨스다. 나는 그녀를 위해 엄지를 들어주었다.

남쪽의 전투는 다른 양상으로 전개되고 있었다. 해골 궁수들이 화살을 퍼붓는 가운데, 널브러진 시체들이 꾸역꾸역 되살아났다. 성전사에겐 차라리 언데드가 상대하기 편했다. 울쓰락이 만든 언데드들은 별 힘도 써보지 못하고 격퇴당하는 중이었다. 그러나 언데드를 배후에서 조종하는 리치의 포스는 장난이 아니었다. 부서진 시체들은 장난감처럼 끊임없이 일어났고, 질병이 창궐해 몸을 갉아먹었다. 저주를 옮기는 벌레무리가 하늘을 뒤덮기도 했다.

북쪽에서는 또 하나의 철갑괴인, 불칸의 호러쇼가 절찬리 상영중이었다. 불칸의 돌격은 나 이상으로 호쾌했다. 워낙 몸집이 컸고, 무기도 컸다.

돌격형 무장 둘에 통솔형 무장 하나, 사도급 마법사 둘, 사도급 암살자 하나. 나는 내가 모아온 전력이 무지막지하다는 걸 새삼 깨닫는 중이었다.

나는 말과 하나가 되어 전선을 헤집고 다녔다. 갑옷을 입지 않은 탓에 상처가 자꾸만 늘어갔다. 그러나 내가 쓰러뜨린 적들은 수를 헤아릴 수 없을 지경이었다. 성전사는 과연 대단한 적이었다. 그들은 이렇게 불리한데도 결코 항복하지 않았다. 그들에겐 죽어서도 칼트에게 구원받으리란 확신이 있었다. 그것을 꺾기 위해 아군은 뼈아픈 희생을 치러야만했다.

"헉, 허억……."

나는 창날을 바닥에 늘어뜨리고 숨을 몰아쉬었다.

오늘은 거울을 보지 않는 걸로 하자. 지금 내 꼴이 사람 꼴은 아닐 것 같으니.

결국 동벽에 난입한 적들은 모두 격퇴되었다. 약 오천의 성전사가 우리 도시 안에서 죽음을 맞이했다.

우리는 동벽의 잔해 위에 정렬하여 진형을 갖추었다. 전투는 아직 끝나지 않았다. 나머지 오천, 적 본진은 처음 위치에서 전장을 관망만 하는 중이었다.

"주군."

개넌이 내게 다가왔다. 그는 직접 나서서 싸우진 않아 갑옷이 무척 깔끔했다.

"위치를 고수해야 합니다. 나갈 필요가 없습니다."

"찬성이야."

배가 고파져왔다. 해는 이미 중천이었다. 아군은 지칠 대로 지쳐 휴식이 절실했다. 나는 병사들의 눈에서 쉽사리 피로를 읽어내었다. 그 고생을 하며 겨우 적들을 몰아냈는데, 이런 게 한 부대가 더 있다니 눈앞이 아득하겠지.

게다가 저쪽에는 그 녀석도 있다.

'알테온.'

소설에서 테나단의 호적수로 설정되었던 소년. 모든 현재 능력치, 잠재 능력치에 S등급을 줬던 인물이 적 본진 앞에 당당히 나와 있었다. 여기서는 그의 얼굴을 식별할 수 없었다. 하지만 나는 그를 묘사했던 문구를 똑똑히 기억했다. 테나단이 소년의 태가 나게 이쁘장한 얼굴이라면, 그는 여자로 착각할 만큼이나 섬세한 용모를 지녔다.

물론 상판대기가 어떤가는 중요치 않다. 중요한 건 머리에 뭐가 들었느냐지. 광기어린 그의 신념은 결코 나 같은 속물과 공존할 수 없었다.

베로니카가 내 곁으로 날아왔다. 그녀는 그토록 화력을 쏟아내고서도 나보다 덜 지친 모습이었다.

"테나단, 이제는 어찌 하느냐?"

"일단 자리를 지킬 거야. 저쪽 태도가 미지근하거든."

미지근하다는 건 꽤 완곡한 표현이었다. 이 경우는 봐줬다고 해야겠지?

우리는 많은 준비를 하고 전략을 짜왔지만, 이 전투는 처음부터 끝까지 알테온의 손에 달려있었다. 그가 개전하자마자 전 병력을 밀어 넣었다면? 그 거대한 불기둥을 또 떨어뜨린다면? 아바타의 축복을 여러 명에게 걸어준다면? 내가 모르는 라이트브링어의 다른 권능을 쓴다면? 우리는 이 질문들에 내어줄 대답이 궁했다.

하지만 팔을 안으로 굽힌 해석도 가능했다. 위업점수라는 게 땅 파서 나오는 것도 아니고, 녀석도 죽기는 두려울 것이다. 녀석에겐 여기서 무리하게 목숨을 걸 이유가 없었다. 그가 오늘 데려온 성전사들은 전체 전력의 일부에 불과하니까.

어느 쪽이냐? 어떻게 할 테냐, 알테온.

알테온은 천천히 손을 들었다. 우리는 녀석의 손끝을 뚫어져라 바라보았다.

"적이 물러갑니다."

개넌이 무뚝뚝하게 말했다. 그의 말대로였다. 알테온은 고삐를 틀어 군마의 머리를 돌렸다. 그것을 신호로 모든 성전사들이 철수를 시작했다. 나는 그 모습에 눈을 돌리지 않고 말했다.

"재들이 물러가는 게 아냐."

"그렇다면…."

"우리가 몰아낸 거지."

기왕이면 다홍치마라고, 어차피 물러가는 놈들이라면 패배자의 꼬리표를 붙여주도록 하자.

나는 아군을 돌아보았다. 그리고 흑룡을 높이 치켜들며 외쳤다.

"승리했다!"

"이야아아아!"

이때의 환성소리는 칼트의 찬트 저리가라 할 정도로 우렁찼다. 병사들은 언제 지쳤냐는 듯 펄쩍펄쩍 뛰며 승리를 자축했다.

물론 속없이 기뻐할 만큼 아군의 피해가 적진 않았다. 이따 보고를 받아보면 알겠으나, 가용병력의 절반은 날렸다고 봐야 할 것이다.

"승전을 축하드립니다."

불칸이 다가와 말을 걸었다. 그는 개넌과는 다른 의미로 생채기 하나 없었다. 울퉁불퉁한 갑옷은 적의 피를 얼마나 많이 뒤집어썼던지 탁한 검은빛을 띠었다.

"축하하긴 뭘. 나 혼자 싸운 것도 아니고."

나는 부하들에게 몇 번 더 손을 흔들어주고 말에서 내려왔다.

"자."

베로니카가 내게 뭔가를 내밀었다. 잘 개인 헝겊이었다.

"응?"

"이걸로 닦아라."

나는 무슨 소린가 싶어서 그녀의 얼굴을 멀뚱히 쳐다보았다. 그녀는 손가락으로 내 뺨을 가리켰다.

"아, 고마워."

사람 꼴이 아니라고 했었지. 도저히 못 봐줄 정도였나 보다. 그나저나 그녀에게 닦을 걸 받아보는 게 두 번째였다. 이런 걸 계속 가지고 다니는 건가? 빨고 다니는 거면 괜히 미안한데.

"또 있다."

베로니카는 내 마음을 읽은 듯 덧붙였다. 나는 그제야 안심하고 손수건을 더럽힐 수 있었다.

NEO FUSION FANTASY STORY & ADVANTURE

2. 꿈꾸는 소로스

Novelist

2. 꿈꾸는 소로스

전후 뒤처리는 바비큐 파티와 함께였다. 거창하게 파티라고는 했는데, 야외에 석쇠를 놓고 고기를 올려둔 것에 불과했다. 갓 구운 고기에는 막 잘라낸 과일이 곁들여졌다. 이게 전장에서 누릴 수 있는 최고의 호사라고나 할까.

고기는 불칸이 구웠다. 그는 놀랄 만큼 정교한 뒤집기 스킬의 보유자였다. 그리고 그 스킬보다 더 놀라운 위장을 가지고 있었다.

나와 불칸은 경쟁을 하듯 고기를 해치웠다. 나도 자그만 몸에 비해선 상당한 먹성의 소유자였으나, 체급의 차이를 당해낼 순 없었다.

"벌써 그만 드십니까?"

불칸의 무시무시한 도발과 함께 나는 나가떨어졌다. 의외의 강자는 베로니카였다. 그녀는 작게 한점 한점 집어먹다가, 감질이 났는지 생고기를 정령술로 불태우는 만행을 서슴지 않았다.

식사를 마친 후에는 아사드가 보고서를 작성해 올렸다. 그는 갑옷을 벗고 야비한 변호사의 이미지를 되찾고 있었다.

"결과 집계입니다."

"말해봐."

"아군 전사자는 약 오천입니다. 수비군에서 삼천, 니바의 증원군에서 이천의 손실이 발생했습니다. 언데드 병사는 계산에 더하지 않았습니다."

"생각보단 적게 나왔네."

개전과 동시에 이천명의 병력을 날려버린 것 치고는 고무적인 결과였다.

아니지, 상대를 감안하자면 대승이라고 불러도 좋을 것이다. 알테온군은 지금까지 불패무적이었잖아. 그 신화를 깨줬다는 것만으로도 이 전투는 단순한 숫자 이상의 가치가 있었다.

"적 전사자도 오천입니다. 포로는 약 이백명이며, 회유 가능성은 낮습니다."

"당연하겠지."

광신도를 말로 설득하는 게 힘들다는 건 이미 울쓰락을

획득점수 : 300

위업내역 : 칼트의 아바타를 쓰러뜨렸다.
획득점수 : 800

여기까지는 예상했었다. 그런데 어째 목록이 아래로 쭉 쭉 내려갔다.

위업내역 : 부하들과 협력하여 스카디를 쓰러뜨렸다.
획득점수 : 48

위업내역 : 부하들과 협력하여 마팔을 쓰러뜨렸다.
획득점수 : 122

이런 식으로 부하들이 척살한 적장과 중간급 지휘관들의 이름이 여섯 명이나 나열되어 있었다. 총 획득점수는 무려 1404점, 이로서 누적점수는 1421점이 되었다.

칼트의 아바타가 매우 짭짤했다. 신의 기술로 만들어져서 그런지 점수가 후한 것 같았다. 만약 알테온이 지속적으로 아타바를 만들어주기만 한다면, 전투 한 번당 800점은 따놨다고 봐도 좋을랑가.

이번에는 그 기술을 배워봐야겠다. 자가회복력. 목을

베이고도 끄떡없던 아바타가 무척 인상 깊었었다. 나처럼 무식하게 싸우는 놈에겐 회복력이 필수였다. 나는 스킬 목록을 열람하여 자가회복력의 점수를 확인해보았다.

"와우. 천오백이라고?"

점수가 높을 줄은 알았는데, 하급부터 천오백을 부를 줄은 몰랐다. 여기에서도 두 배 법칙이 적용되어 중급이 삼천, 상급은 육천점이나 필요했다.

어마무시하구만. 하기사 이걸 다 올리면 여벌의 목숨을 가지고 다니는 셈이나 마찬가지니까. 아쉽지만 지금은 점수를 모아둬야겠다.

갱신된 내역을 확인하고 설정북을 품에 갈무리했을 때였다. 집무실의 문이 기척도 없이 스르르 열렸다. 내가 마력을 터득하지 않았더라면 귀신이라도 봤다며 혼비백산했을 장면이었다.

"울쓰락?"

검은 로브를 입은 리치가 방안으로 미끄러지듯 들어왔다. 그가 밟은 자리를 따라 부정한 기운이 스멀스멀 흘러나왔다.

"웬일이야?"

[이곳에 있겠다.]

그는 다짜고짜 그렇게 말하며 집무실의 지분을 가져갔다. 나는 그런가보다 하며 서류를 들여다보았다.

……가 아니라.

신경 쓰인다. 무지무지. 어둠의 리치를 앞에 두고 문서 작업을 하는 취미는 없다고.

"무슨 일 있어?"

[특별한 일은 없다.]

그렇겠지. 어떤 간 큰 놈이 리치를 귀찮게 하겠어.

[사람들이 나를 거부하고 있을 뿐이다.]

"뭐?"

[전사자를 수습하는 작업을 돕던 중에 약간의 마찰이 있었다. 그들은 내 선의를 있는 그대로 받아들이지 못하더군.]

전사자를 수습하는 작업이라…… 설마.

"너 죽은 시체를 옮기겠답시고 일으켜 세웠던 거냐."

[그렇다.]

나는 이마를 짚었다. 전쟁중이라면 눈감아줬어도, 끝난 후에는 어림도 없는 소리였다. 무슨 난리가 벌어졌을지 눈에 선했다.

이걸 뭐라고 해야 한담. 부활하고 나서 사고방식이 조금 더 언데드틱해졌다고 해야 하나? 예전 같으면 그런 걸 혼동할 작자가 아닌데 말이야.

결국 나는 그를 집무실에 방치해두기로 했다. 기껏 한스가 선동해놓은 여론을 나쁘게 만들 순 없으니까.

그는 그 뒤로 한 마디도 하지 않고 자리를 지켰다. 마치 마왕의 가장 악취미스런 실내장식을 보는 것 같았다. 풀풀 날리는 부정의 아우라 덕에 방안의 온도가 일이도는 내려간 듯했다.

"테나단님."

조용한 목소리가 내 이름을 불렀다. 카타냐였다.

"들어와. 어차피 열려있지만."

"예."

그녀는 환영을 푼 상태였다. 가죽끈에 간신히 가려진 몸이 걸을 때마다 육감적으로 흔들렸다.

"부르셨다고."

그녀는 내 앞에 와서 고개를 슬쩍 숙였다. 비록 종족은 달랐으나, 검은 머리카락과 오밀조밀한 이목구비가 무척 동양적인 분위기를 자아냈다. 물론 몸매는 완연한 서구형이다. 시선을 어디다 둬야 할지 매번 고민될 정도로.

"아, 응. 그랬었지."

나는 마구 뻗쳐가는 망상을 급히 수습했다.

"알다시피 이번 전투로 우리의 피해가 굉장히 컸어. 머릿수야 비슷하게 줄었다지만, 저쪽은 큰 세력이고 우리는 달랑 도시 두 개 뿐이니까. 그래서 병력을 시급히 보충해야겠거든."

"예."

그녀는 내가 무슨 말을 하려는지 전혀 모르겠다는 눈치였다.

"테이가르."

"아."

"테이가르에 네 동족이 천 명 정도 있지? 원래 네 식구들을 니바에 이주시킬 계획이었는데, 조금 멀더라도 신바라스로 바꿔야 할 것 같다."

"알겠습니다."

"네가 직접 가서 데리고 와야 할 거야."

"지금 가야 합니까?"

"딱히 다른 할 일이 없다면."

"없습니다. 다녀오겠습니다."

카타냐는 정중히 인사를 올리고 방을 떠났다. 그녀는 우리 군의 핵심전력이었다. 하지만 며칠쯤은 자리를 비워도 괜찮을 것 같다. 울토르는 패퇴, 알테온은 퇴각 중, 굵직굵직한 경쟁자들이 한창 바쁠 때니까 말야.

히란은 인간보다 월등히 강력했다. 그들이 합류해주기만 한다면 당장의 수비공백을 수월케 메꿀 수 있었다. 성전사 한 명이 일반보병 다섯 명의 힘을 낸다고 했었지. 히란 전사 한명은 일반보병 스무 명에 맞먹는 힘을 지닌다.

그러나 각 가문당 자질있는 여성 두셋씩만이 전사로 간택되기에, 테이가르에서는 넉넉잡아야 백명 정도가 전투원일 것이다.

"주군."

카타냐가 나가자마자 다른 방문객이 찾아왔다.

"벌써 다 만들어왔어?"

아까 신이 나서 나갔던 아사드였다. 그는 한 손엔 팔랑거리는 종이를, 다른 손에는 끼다 벗었던 듯 멋대가리 없는 회색 안경을 들고 있었다.

"아닙니다. 훈장은 나오려면 멀었습니다. 이건 니바의 라울이라는 분으로부터의 급전입니다."

"그 뺀질이가 말이지."

자칭 만인의 연인, 나의 유일한 책사. 녀석이 적절한 타이밍에 개넌을 보내주지 않았더라면 지금 내 꼴이 꽤 험했을지도 모르겠다. 그러고 보니 그놈의 적절한 타이밍, 이게 대체 몇 번째냐.

"며칠 전에 니바에 왕당파의 수장 벨렘 로젠트로부터의 서신이 도착했다고 합니다. 내용은 대강 이렇습니다. 주군께서는 불법적으로 영토를 점유하고 있으며……."

"그 레파토리는 슬슬 물리려고 해."

"조카인 카엔 로젠트의 신병을 구속 중인걸 규탄한다고 합니다. 그리고 로젠트 가문의 가주이자 왕권의 수호자로서, 불의를 바로잡기 위해 거병도 불사코자 한다고 합니다. 이 사태를 수습하고 싶거든 자신이 지정하는 장소에서 회담에 응하라는군요."

카엔 로젠트. 오랜만에 들어보는 이름이다. 사람을 고문하며 싸가지 없게 웃어대던 개자식. 지은 죄를 생각하면 교수대에 매달아도 시원찮았지만, 언젠가 쓸모가 있을까 싶어서 살려뒀었지.

결과적으로 그 판단은 틀리지 않았다. 만약 내가 카엔을 죽였더라면 회담 요청이 들어오지도 않았을 것이다. 한 십만쯤 되는 대부대가 눈앞에 진을 치고 있지 않았을까.

울트로가 밀어붙이는 슬로건이 '남방 8개주의 정통한 주인'인데, 실상 그 말에 가장 근접한 사람이 바로 벨렘 로젠트였다. 그는 국왕이 인정한 남부의 대영주였다. 국왕의 권위가 땅에 떨어진 작금에도, 그의 말 한마디에 모여들 영주들이 스무 명은 넘었다.

"이거 대위기인데."

나는 무심코 추임새를 넣다가, 문득 이 대사에 익숙해지고 있는 자신을 발견했다.

이건 좀 문제있는 거 아닌가. 최소한 내가 쓰던 소설은 장르가 판타지였다고. 그런데 소설로 들어오고 나선 일상이 무슨 스릴러가 따로 없다. 울토르, 울쓰락, 신, 다음에는 대영주와의 전면전이냐.

"알고 계시겠지만 아군에겐 벨렘 로젠트와 싸울 여력이 없습니다. 최소한 도시를 두 개는 더 확보해야 병력을 소모하는 만큼의 보충을 기대할 수 있습니다."

"그렇겠지."

"회담 요청에 응하셔야 합니다."

"흐음……."

나는 턱을 괴며 고민을 해보았다.

벨렘 로젠트는 구시대의 유물 같은 사람이었다. 그에게는 일을 처리하는 절차라는 게 있었다. 전쟁을 일으키려면 명분이 있어야 하고, 대외적으로 그 명분이 널리 알려져야 했다.

물론 구시대의 유물이라는 게 꼭 정공법만을 추구한다는 뜻은 아니다. 카타냐를 고용했던 것으로 알 수 있듯, 자리에 걸맞은 모략도 갖춘 자였다.

"그쪽에서 원하는 장소가 어디라는데?"

"액슬린입니다."

"어이없구만."

"얕보이고 있습니다만, 어쩔 수 없습니다."

액슬린은 국왕파 영주의 도시 중 하나였다. 회담을 하자면서 중립지역이 아닌 곳을 지정하다니. 이건 날 핫바지로 보는 게 틀림없다.

고전 명작인 삼국지란 게임이 생각난다. 명성 낮고 세

력 후진 군주로 시작하면 오만 잡것들이 다 시비를 트는데, 지금이 딱 그 짝이었다.

"날짜는? 날짜도 줬어?"

"순우절(順雨節) 13일입니다."

"닷새 남았네."

가는 데 삼일은 잡아야 하니 꽤 팍팍한 유예기간이었다.

"그리고 마지막으로 덧붙이기를, 곧 도착하겠다고 합니다."

"누가?"

"라울님입니다. 정확히는 이렇게 쓰여 있군요. 주군께서 앞뒤 안 가리고 또 사고를 칠까봐 불안하다, 내가 도착할 때까지 꼼짝 말고 거기 계시라."

"……."

니바 공방전 때 이야기겠지. 그 녀석은 내가 한번 오바한 걸 평생 우려먹을 작정인 것 같다.

"이분이 주군의 책사입니까?"

"맞아. 인정하고 싶진 않지만."

"파발을 띄우자마자 출발했을 테니, 곧 도착하실 겁니다. 중요한 안건이니만큼 의견을 참고해보셔야 할 것 같습니다."

"그래야겠지. 걔가 도착하는 대로 가신들을 영주관에다 모아줘. 회의를 개최해보자고."

"그 사람도 말입니까?"

나는 아사드가 말하는 '그 사람'이 누군지 단번에 알아들었다.

"당연하지. 이럴 때 써먹으려고 데려온 녀석인데."

우리 군에서 입 터는 능력으로는 한스를 따라갈 자가 없었다. 벨렘의 요구대로 회담에 나서게 된다면, 그와 나의 콤비플레이가 중요하리라 예상해본다.

영주관의 거실은 임시로 메인 홀의 기능을 하고 있었다. 불필요한 가구는 모조리 치워지고, 급조한 게 분명한 원탁을 들여놓았다.

본디 원탁이란 참석자들 간의 동등한 지위를 나타낸달까, 뭐 그런 숭고한 상징이 있었던 듯하다. 그런데 이 원탁은 무언가 남달랐다. 내가 앉아야 할 자리만 유난히 강조되어 있었다. 탁자의 곡률이 원이 아니라 타원, 아니지. 눈사람 모양에 가까웠다. 나는 그 아름답지 못한 모습을 교정해주기로 결심했다.

"읏샤."

나는 블랙하트를 꺼내어 눈사람의 머리를 도려내기 시작했다.

“여전히 야만적이시군요.”

라울이 들어온 게 그때였다. 그의 뒤로 반가운 얼굴도 보였다.

“테나단님, 보고 싶었어요!”

올가가 깡총 뛰듯 다가와 내게 인사했다. 이 원탁이 모양만 눈사람이라면, 그녀는 하양하양한 게 존재 자체가 눈사람 같았다.

“올가, 너도 왔어?”

그녀의 표정이 급격히 침울해지자, 나는 아차 싶어 덧붙였다.

“어차피 내가 돌아갈 텐데 굳이 힘든 길을….”

“저런, 주군께서는 올가님이 싫으신가봅니다.”

“야, 걱정한 거잖아. 너 확 파묻어 버린다?”

“괜찮아요, 전 알고 있으니까.”

올가가 내 손을 꼭 잡으며 말했다.

“테나단님은 그럴 분이 아니에요.”

“하핫, 그렇지.”

나는 어색한 웃음을 흘렸다. 테마르의 여인들은 스킨쉽에 너무 관대한 거 같다. 여기 설정을 누가 짰는지 몰라도 아주 개념이 제대로 박힌 친구인걸.

올가가 같이 올 줄은 전혀 몰랐지만, 마침 그녀가 필요하긴 했다. 신축할 공관은 여성의 센스를 반영한 엘레강

스한 디자인으로 짓고 싶었거든. 온 김에 건물 외관뿐만 아니라 가구배치 등 인테리어까지 싹 총괄을 시켜야겠다.

올가와 라울에 이어 신 바라스 측의 영웅들도 속속 등장했다. 우리의 고지식한 수비대장인 델릭턴은 니바에 남은 모양이었다. 앞으로도 그는 남겨질 모양이니, 아예 영주로 만들어버려야겠군.

"어머."

올가는 불칸의 거대한 몸을 보고 깜짝 놀랐다. 아무리 여기가 판타지 세계라고 해도, 저렇게 크고 잘 단련된 몸은 쉽게 볼 수 있는 게 아니었다.

나는 모두를 원탁에 옹기종기 앉힌 후, 서로를 위한 간략한 소개시간을 가졌다. 가장 인기가 있었던 건 아름다운 두 여성과 울쓰락이었다. 라울은 그저 입을 다물지 못했다.

"그 울쓰락을 리치로 만들었단 말입니까?"

"이상하게 볼 것 없어. 서로에게 나쁜 결말은 아니었으니까."

[동의한다.]

"하지만 그 울쓰락이잖습니까?"

"그래, 그 울쓰락이지. 듣는 리치 기분 나쁘니까 거기까지 해."

"아, 실례했습니다."

라울은 그러면서도 울쓰락을 관찰하길 멈추지 않았다. 여기 카타냐까지 있었으면 아주 그냥 눈이 튀어나왔겠다.

올가는 아까부터 내 소매를 잡고 놔주지 않고 있었다. 정확히 울쓰락을 소개하고 나서부터였다.

그래. 잊고 있었는데, 이게 정상적인 반응이었어. 워낙 짱짱한 녀석들과 지내다보니 나도 점점 상식과 멀어져만 가는 듯하다.

"그러면 이제 회의를 시작해볼까 하는데, 오늘 안건을 못 들은 사람도 있겠지."

나는 상황을 짧게 요약해 들려주었다. 그리고 라울과 올가를 위해 신 바라스에서 겪었던 일도 간추려주었다.

"제가 설명을 보강해도 되겠습니까?"

라울이 손을 들었다. 나는 허락의 표시로 고개를 끄덕여주었다.

"사실 이 협박장은 주군께서 니바를 점령하자마자 날아왔어야 합니다. 벨렘 로젠트는 가문의 명예를 지키기 위해서라면 무슨 일이든 할 수 있는 사람입니다. 그런 사람이 이렇게 굼뜨게 움직인 데에는 울쓰락님의 견제가 컸습니다. 군소 영주들은 수틀리면 이렇게 말하면 되는 거였거든요. 나 다 때려치우고 울쓰락 편이 되겠다고."

"잘 알고 있네."

이게 내가 소설 초반에 짠 세력구도였다. 울쓰락은 벨렘과, 알테온은 울토르와 싸우고 있다는 것.

"그런데 이제 이 팽팽하던 세력의 균형이 깨져버렸습니다. 울쓰락님이 죽자 서부연맹은 구심점을 잃고 해체되었습니다. 이제는 벨렘이 거칠 게 없습니다. 그에게 주군은 울쓰락님보다 훨씬 편한 상대입니다. 그는 이쪽의 사정을 봐주지 않을 겁니다."

가신들은 입을 다물고 라울의 말을 경청했다. 힘들다는 건 모두가 잘 알고 있다. 그들이 기대하는 건 이 힘든 상황을 타개할 묘책이었다.

"벨렘이 원하는 건 평화도 아니고, 그 재수없는 꼬맹이를 풀어달라는 것도 아닙니다. 모든 게 그저 구실입니다. 그는 치졸한 인간입니다. 암살자를 부리는 것만 봐도 밑천은 드러났죠. 그는 명분 뒤에 숨어 호박씨를 까는데 능숙합니다. 회담도 가봤자일 겁니다. 이미 시나리오는 다 짜여 있습니다. 카엔, 니바, 배상금. 셋 중 하나라도 아니라고 하면 군을 일으키는 수순입니다."

"가도 망하고, 안 가도 망하는 회담이라는 건가."

"그렇죠."

"둘 중 하나를 골라야 한다면 가는 쪽이 좋겠지? 최소한 그 면상에 주먹을 먹여줄 순 있을 테니까."

"그러실 필요 없습니다. 양쪽 다 하책입니다."

"그러면? 간다, 안 간다. 그것 말고 다른 선택지도 있어?"

"반쪽만 가는 겁니다."

라울은 여기서 한스를 쳐다보았다. 한스는 올 게 왔다는 표정이었다.

"한스님은 타인의 흉내가 가능하다고 들었습니다. 맞습니까?"

"그러긴 하오만."

"얼마나 정교합니까?"

"지금쯤이면 한 절반…… 정도일 거요."

"완벽할 필요는 없습니다. 군주다운 분위기만 내주면 되니까요."

"그런 거라면 재가 나보다 나아. 장담하지."

"잘 됐군요. 그럼 이럽시다. 주군과 한스님, 둘 중 한분이 회담에 나갑니다."

"둘 중 하나라고? 나머지 하나는 뭐하는데?"

"울쓰락님의 부재로 칸나 서부에 세력의 공백이 생겼습니다. 그러니 한 명은 회담에 나가서 시간을 벌고, 다른 사람은 칸나 서부로 가서 빈 도시를 회유합니다."

"허……."

좌중에서 감탄이 흘러나왔다. 나도 마찬가지였다.

녀석, 오자마자 밥값을 하는데.

"회담에 응하는 것, 응하지 않는 것. 어느 쪽도 근본적인 해결은 못 됩니다. 그들과 싸울 수 있는 전력을 갖추는 것이야말로 우리가 낼 수 있는 상책입니다."

"그러면 회담에는 어느 분이 나가시나요?"

올가가 물었다. 나도 궁금한 점이었다. 라울은 누가 가는지를 애매하게 표현했으니까.

"그걸 이제 정해야겠죠. 솔직하게 말씀드리자면, 회담에 가는 쪽의 위험부담이 매우 큽니다. 저들이 명분을 내세우긴 했으나, 저들의 논리로 우리는 반역도당에 불과합니다. 반역자는 국가 최대의 흉적으로서 명분이 필요한 대상이 아닙니다. 최악의 경우 그 자리에서 목이 날아가더라도 할 말 없다는 뜻입니다."

"그렇군."

나는 고개를 끄덕였다. 라울이 무슨 말을 하고 싶은지 이해했다.

적은 깽판을 치려고 벼르고 있다. 그걸 말로 살살 달래서 최대한 늦춘 다음, 사달이 나기 전에 무사히 빠져나온다. 목숨이 두 개여도 모자랄 임무였다.

내가 직접 위험을 감수하느냐, 아니면 부하를 버리는 패로 밀어 넣느냐.

모두의 시선이 이번엔 내게로 쏠렸다. 한스가 넉살좋게 웃으며 말했다.

"괜찮습니다. 아시잖습니까, 저 모험 좋아하는 거."

"알기야 알지."

"제가 가겠습니다. 이십 년 넘게 사기를 치고 돌아다녔던 놈입니다. 별 탈 없을 겁니다."

"그래서 문제인 거야."

"예?"

"네가 워낙 쓸모가 많으니까, 죽으라고 던져줄 순 없다고."

"주군."

나는 놀라는 가신들을 향해 또박또박 말했다.

"그러니 내가 간다."

내 폭탄선언은 잠깐의 정적을 불러왔다. 그러나 그것도 잠시, 가신들의 반응은 두 그룹으로 나뉘었다.

"변함없으시군요."

"너라면 그렇게 말할 줄 알았다."

개넌, 그리고 베로니카였다. 니바에서 온 가신들은 내가 어떤 놈이라는 걸 익히 알고 있었다. 반면 신 바라스 출신들은 적응이 되지 않은 듯한 모습이었다.

"주군께서는…… 독특하신 분이군요."

아사드는 안경을 고쳐 쓰며 점잖게 놀라움을 표시했다. 모두가 저마다의 방식으로 리액션을 하는 가운데, 가장 반응이 극적인 건 역시나 한스였다.

"그냥 죽으라고 던져주면 안 됩니까?"

"왜? 그랬으면 좋겠어?"

"좋은 건 아니지만 이상하잖습니까. 제가 그렇게 대단한 놈은 아닐 텐데요."

"아니, 넌 대단한 놈이야. 나는 그저 그런 사람을 이곳에 앉혀두지 않았어."

"그래도 군주가 부하 나부랭이를 위해…."

"어허, 포기해. 포기하면 편하다."

"하지만……."

한스는 뭐라 더 말을 하려다가 허탈하게 웃었다.

"알겠습니다. 그런 분이시군요."

"그렇다니까."

나는 어깨를 으쓱여주었다. 알테온처럼 부하를 밀어 넣고 혼자 빠지는 건 내 스타일이 아니다. 한 사람 한 사람이 소중할 때였다. 그리고 소설의 진리라는 게 있잖냐. 주인공은 구르면서 성장한다고. 실지로 나는 지금껏 겪은 수많은 역경이 나를 단련시켰다고 믿는다.

라울이 설명을 마저 이어갔다.

"그러면 한스님은 칸나 서부로, 주군께선 회담장으로 가는 걸로 하지요. 한스님께는 병력 삼천명을 내어드리겠습니다. 목표로 할 첫 번째 도시는 서니사이드입니다. 대다수의 도시가 방위력을 상실한 상태라 삼천으로도 무리

없이 접수가 되겠습니다만, 가급적 전투는 피해주십시오. 전투가 불가피할 정도로 호전적인 도시는 이번 작전의 대상이 아닙니다."

"알겠소이다."

"조언을 드리자면, 키워드는 '신살자' 입니다. 주군께서는 쉐브릴을 멸하셨고, 칼트의 아바타를 쓰러뜨리셨습니다. 제가 아는 한 인간으로서는 근 백년 내로 이런 업적을 이룬 자가 없습니다. 우리가 칸나의 다른 세력에 비해 규모면에서는 작으나, 군주의 이름값만으로는 최고의 반열에 올라섰다 해도 과언이 아닙니다. 그걸 잘 띄워줄 수만 있다면 전투 없이도 얼마든 성문을 열게 할 수 있을 겁니다."

"맡겨만 주쇼. 그런 거야말로 내 전공이니까."

"실례지만 한번 견식이 가능하겠습니까?"

"뭘 말이오?"

"못 믿는 건 아닙니다. 다만 사안의 중대성을 고려할 때 확실하게 확인을 해둘 필요가 있습니다."

"아, 그 말이오? 내게 그럴 혓바닥이 있는지?"

"예. 말하자면 그렇겠네요."

한스는 씩 웃으며 내게 물었다.

"주군, 그거 됩니까?"

"그거 뭐?"

"거 있잖습니까. 변신. 제가 이번에 주군과 함께 일을 해보고 깨달은 게 있는데, 사람의 생김새가 주는 선입견이라는 걸 무시 못하겠더란 말입니다."

"어렵지 않아. 라울?"

나는 라울에게 신호를 주었다. 라울이 짧게 주문을 외우자, 수염이 북슬북슬한 털복숭이가 은발의 자그만 미소년으로 변했다. 베로니카는 살며시 일어나 내 뒤로 다가왔다. 이번에도 우리가 섞일 걸 우려하는 것 같았다.

"흠흠."

한스는 발성을 하듯 목을 가다듬었다.

"듣거라, 서니사이드의 시민들이여!"

그는 갑자기 톤을 높이며 웅변조로 외쳤다. 보던 사람들이 깜짝 놀랄 만큼 급격한 변모였다.

"나 테나단이 왔노라, 신을 살해한 자! 악신의 흉계를 종식시킨 자! 나는 바라스의 궁정에서 쉐브릴의 목에 칼을 꽂았고, 오만한 칼트의 종을 단죄하였다!"

한스는 주먹을 부르르 떨며 큰 목소리로 외쳤다. 대단한 박력이었다. 고작 말 몇 마디를 했을 뿐인데, 역전을 거쳐온 영웅의 기상이 느껴졌다. 정말로 자신이 신살자이며 구세주라고 터럭의 의심도 없이 믿는 것 같았다.

라울도 연기력 스킬을 가진 캐릭터였다. 그러나 전용기와 결합된 한스의 연기에는 혀를 내두를 수밖에 없었다.

"과연, 그만하면 충분합니다. 아니, 주군보다 백배 낫군요. 서로 보직변경을 심각하게 고려해봐야겠습니다."

"시끄러."

[테나단.]

갑자기 울쓰락이 말을 걸어왔다.

"왜?"

[나도 칸나 서부로 가겠다.]

"네가? 한스를 따라가겠다고?"

[그렇다.]

울쓰락의 발언은 나보다도 파장이 더 컸다. 칸나 서쪽을 공동상태로 만들어놓은 주범이 바로 그이기 때문이다.

"그건 곤란합니다."

당장 반발이 나왔다. 아사드로부터였다.

[어째서인가?]

"과거를 청산하고 싶으신 심정은 이해합니다만, 울쓰락님을 향한 여론이 매우 좋지 않습니다. 특히 서부의 도시들은 언데드로 인해 사상자까지 나온 상황입니다. 반드시 성공시켜야하는 계획이니만큼, 사사로운 감정은 접어두는 게 좋습니다."

"나도 영주께 동의하오."

불칸이 팔짱을 풀며 말했다.

"본래 나는 공의회의 투표가 동률이 되면 울쓰락님의 손을 거들 생각이었소. 그래서 이런 말을 하는 심정이 편치는 않으나, 현실을 직시하셔야 하오."

불칸의 마음이 곧 내 마음이었다. 나는 울쓰락을 호위로서 동행시킬 작정이었다.

한편으로는 걱정도 되었다. 이번에도 울쓰락은 사람들의 감정을 읽어내지 못한 것 같았다. 그가 언데드가 된 후로 미묘하게 어긋난 행동을 하는 게 인간성을 잃어가는 신호일지도 모른다는 생각이 들었다.

[나는 서부로 가야만 한다.]

"왜? 그럴 이유가 있어?"

[나는 너와 함께하고 있고, 앞으로도 쭉 그럴 것이다. 내 존재를 알리지 않은 채로 그들을 설득한다는 건 기만행위나 마찬가지다.]

"그렇긴 하지."

예리한 지적이었다. 울쓰락의 존재를 참을 수 없는 자는 우리와 함께할 수도 없을 테니까.

[나는 그들에게 해줄 말이 많다. 어떻게 내가 악신에게 이용당했으며, 어떤 최후를 맞이했는지. 왜 언데드의 지배가 풀렸으며, 그들의 이웃이 죽어야만 했는지. 그들은 납득할 만한 설명을 기다리고 있을 것이다. 내 존재 자체가 그들의 의문에 대한 해답이다. 나는 가서 모든 사실을 있는

그대로 말하겠다. 혼돈에서 내가 지켜본 것들과, 네 무쌍의 힘에 대해 말해주겠다. 네가 지향하는 이상적인 질서와 천하통일의 기치에 대해 알려주겠다. 나는 내가 가진 사실만으로도 그들이 올바른 판단을 내릴 것이라 생각한다.]

울쓰락이 인간성을 잃어간다는 건 선부른 판단일지도 모르겠군. 그는 내 예상 이상으로 상태가 좋았다. 오히려 지금 여기 누구보다도 인간적으로 보이기도 했다. 그는 자신이 남겨둔 사람들을 걱정했으며, 저지른 행적에 대해 죄의식을 느끼고 있었다.

"설득에 도움이 된다라……. 한스는 어떻게 생각해?"

한스는 난감한 기색이었다.

"솔직히 말씀드리면, 모르겠습니다. 사기술이라는 게 꽤 정교한 기술이거든요. 사기의 핵심은 그겁니다. 진실을 들려주는 게 아니라, 믿고 싶은 진실을 만들어주는 거죠. 양념 팍팍 쳐가며 말입니다. 정직한 접근도 좋지만, 때로는 포장이 필요하기도 합니다. 그 부분에서 호흡이 잘 맞을지를 장담할 수 없습니다."

"그렇다는데?"

[사사로운 감정이라는 걸 부인하진 않겠다. 그러나 이 감정이 불사의 몸이 된 나를 좀먹고 있다. 나는 용서받지 못할 죄인이다. 언제까지나 그럴 것이다. 허나 용서를 빌어보고자 한다. 내게 주어진 영원한 시간을 써서라도.]

"……."

나는 침묵을 지켰다. 그가 이 꼴이 된 데에는 내 설정욕심의 탓이 컸다. 내가 뿌린 씨앗이니만큼 양심이 찔리지 않을 수 없었다.

"주군, 어쩌시겠습니까?"

라울이 물어왔다. 평소 같았으면 깝죽대느라 바빴겠으나, 녀석은 꽤 신중한 표정을 짓고 있었다. 여기 모인 모두가 이 희대의 영웅이 맞이한 비극에 슬퍼하고 있었다.

"원하는데 어쩌겠어. 가게 해줘야지."

"감사합니다."

네가 왜 감사하냐.

"고마워요."

올가까지 나섰다. 나는 쓴웃음을 지으며 말했다.

"둘이서 잘 해봐. 큰 기대는 않겠어. 기대가 크면 실망도 크다니까. 대신, 하고 싶은 건 원 없이 해보고 오라고."

[고맙다.]

이걸로 칸나 서부는 일단락이 되었다. 한스와 울쓰락이 가기로. 나는 깨끗이 마음을 비우기로 했다. 부디 새로운 싸움거리만 얻어오지 말기를.

"자아, 그럼 회담 말인데. 나랑 같이 불구덩이 속으로 뛰어들고 싶은 사람?"

그 말이 끝나기가 무섭게 장군들이 일제히 손을 들었다. 불칸, 개넌, 베로니카….

"올가는 곤란해. 이건 정말 위험한 일이야."

"히잉."

올가는 풀이 죽어 손을 내려놓았다.

"대신 올가는 이곳에서 할 일이 많을 거야. 오면서 무너진 건물 봤지? 여기 살림을 처음부터 다시 차려야 하거든. 내가 돌아올 때 이 칙칙한 곳이 산뜻하게 단장되어있으면 좋겠어."

"알겠어요. 맡겨주세요!"

"그리고 개넌도 남아줘. 언제 알테온의 후군이 들이칠지 모르니 통솔력 있는 장수가 도시에 상주해야해."

"예."

개넌은 아쉬움을 떨치지 못하며 손을 내렸다. 그의 마음은 잘 알지만, 그는 병사들과 함께 있어야만했다. 그는 그만큼 뛰어난 야전사령관이었다.

생각 같아서는 불칸도 두고 가고 싶었다. 성벽이 휑하니 뚫린 도시를 놔두고 떠나자니 영 마음이 놓이지 않는달까. 그러나 베로니카만으로는 예기치 않은 사태에 대응할 수 없을 것이다.

"라울은 아사드를 도와 바라스의 시정을 맡아줘. 할 일이 많을 거야. 성벽도 보수하고, 보충병도 뽑아야겠지. 세율이나 전사자에 대한 보상 같은 건 니바에서 정했던 걸로 통일해야겠고."

"잠시만요."

라울이 뒤늦게서야 손을 들었다.

"왜?"

"그래도 군주로서 가시는 회담인데, 군대를 동반하시겠죠?"

"아니, 군대는 무슨. 전쟁하러 가는 것도 아닌데."

"군대가 있어야 적의 도발을 사전에 억제할 게 아닙니까?"

"놈들이 도발할 마음을 먹는다면 몇 천 가지고는 어차피 못 막아. 오히려 내 발목만 잡는다고. 몇 천을 다 죽으라고 내버려두고 올 수 없으니까."

"그렇긴 하겠군요."

"그렇게 알고, 각자 할 일을 숙지했으면 회의는 여기서 마치겠어."

가신들은 갈 길을 찾아 흩어졌다. 나는 곧장 숙소로 돌아와 몸을 씻었다. 떠나는 건 다음날이었다. 아무리 내가 초인이라 한들 반나절 내내 싸우고 여행길에 오르는 건 무리였다. 그날은 시체처럼 뻗어 잤다. 방해받지 않는 잠이 내게 주는 마지막 포상이었다.

날이 밝았다.

신 바라스로 왔었을 때와 마찬가지로 이번에도 수행원은 단출하게 꾸렸다. 일체의 병사 없이 불칸, 베로니카, 이 둘만이다. 이제는 이런 조촐한 여행에 익숙해질 것만 같았다. 세력이 없는 군주는 이래서 서럽구만.

촉이 무척 좋지 않았다. 바라스로 향할 때는 승부에 대한 기대감이라도 있었지, 이 회담은 손발 묶고 적진으로 기어들어가는 거나 마찬가지였다. 게다가 이젠 미래를 전혀 알 수 없다는 점도 한몫했다.

"잘 다녀오십시오."

"나 없을 때 여자들한테 찝적대지 마."

"베로니카님만 무사히 돌려보내 주시길. 그거면 됩니다."

우리는 라울의 훈훈한 배웅 속에서 성문을 통과했다. 비 온 뒤라 가도는 싱그러운 향을 내뿜고 있었다. 태양은 따사로웠고, 이름 모를 새들이 지저귀었다. 대군이 기동을 한 흔적만 빼고는 흠잡을 데 없이 아름다운 경관이었다.

판타지 세계에서도 간척사업이 있다면? 마로자는 그러

한 착안점에서 만들어진 도시였다. 널따란 호수를 메워 만든 칸나 최고의 관광지. 호랑이 소굴로 들어가면서도 나는 이것 하나만큼은 즐길 수 있지 않으려나 기대하고 있었다. 그러나 우리의 기대는 초장부터 일그러지고 있었다.

"잔인하군요."

멀리서 봤을 때는 가도 주변에 심어놓은 가로수라도 되는 줄 알았다. 그게 아니라는 건 백 미터 밖에까지 풍겨오는 악취 덕에 알 수 있었다. 가로수의 정체는 기다란 말뚝이었다. 말뚝에는 말라비틀어진 시체가 박제처럼 못박혀 있었는데, 이런 게 길을 따라 시야가 닿는 곳까지 끝도 없이 늘어져 있었다.

"이 자는 매달리고도 오랫동안 살아있었다."

베로니카가 시체를 올려다보며 무심히 말했다. 특별한 관찰력 없이도 알 수 있는 사실이었다. 못으로 박아 넣은 사지엔 발버둥친 흔적이 역력했다. 말뚝의 첨단에는 팻말이 하나씩 붙어 있었다.

– 잘못된 믿음을 가진 죄

벨렘 로젠트

"군주라는 작자가…."

불칸이 혀를 찼다.

나는 다른 의미에서 놀라는 중이었다. 나는 벨렘 로젠트를 이런 인물로 만들지 않았었거든. 내가 만든 그는 교활하며 탐욕스럽고 적당히 잔인한, 보수적일 만큼 전형적인 귀족이었다. 이런 또라이 싸이코패스는 아니었다는 거지.

나는 설정북을 꺼내어 벨렘 로젠트의 항목을 뒤져보았다.

– 벨렘 로젠트

로젠트 가문의 가주다. 어려서부터 욕심이 많아 자기 것이라고 여긴 건 결코 놓아주지 않았다. 셋째였던 그가 두 형을 밀어내고 가주가 될 수 있었던 건 그가 그 자리를 자신의 것이라 여겼기 때문이다.

그는 가주가 되자마자 국왕의 오른팔로서 위세를 떨친다. 그 사이 칸나는 반역도당에 의해 분열되었고, 그는 체제를 수호하기 위해 돌아와야만 했다.

최근 그는 내외적으로 거대한 도전에 직면하고 있다. 언데드 군단이 서쪽에서 도발을 일삼으며, 내부적으로는 사교가 영역을 확장하고 있다. 그는 오직 강력한 권력만이 이 사태를 다스릴 수 있으리라 믿는다.

전용기 : 없음

처치시 획득하는 점수 : 600

사교의 확장? 이게 뭔 개풀 뜯어먹는 소리라지.

내 세계관에 널린 게 사교이긴 하다. 하지만 칸나 북부에 그런 걸 넣은 기억은 없걸랑. 내가 갑자기 치매가 온 게 아니라면, 이건 스토리의 뒤틀림이 분명했다. 나란 놈 때문에 생긴 나비효과.

나는 책을 갈무리하며 그 사교란 것에 대해 생각해보았다. 짚이는 게 아예 없지는 않았다. 신들은 나, 유빈이라는 강력한 경쟁자를 맞이하여 자신의 사도들에게 책을 한 권씩 나눠준 모양이었다.

울쓰락이나 알테온의 경우로 미뤄 알 수 있듯, 책은 그 신의 기질적 특성을 담고 있어 하나하나가 세계관을 붕괴시킬 정도로 강력하기 짝이 없었다. 벨렘을 괴롭힌다는 사교는 그러니까 이런 거다. 본편 소설에서는 별거 아닌 잡놈이었는데, 책의 덕을 받아 강해졌다는 거겠지.

"허, 참."

이런 식으로도 스토리가 뒤틀어질 수 있는 거야?

첩첩산중이로구만. 벨렘만이 아니라 잘하면 악신의 사도까지 만날 수 있겠다.

"테나단, 이 사람들을 이대로 두고 갈 순 없다."

베로니카는 여전히 시체를 올려다보며, 여전히 무심한 어조로 말했다.

"나도 안타깝긴 해. 나중에 일을 다 끝마치거든 사람을 보내 매장하도록 해야겠어."

"그러기엔 늦지 않을까."

"그러면?"

"내가 불의 품으로 돌려보내겠다."

베로니카는 그 말과 함께 붉은 눈을 번뜩였다. 시야 내의 모든 말뚝에 동시에 불이 붙어 밑동부터 타들어갔다. 이건 이것대로 장관이었다. 마치 홍염으로 만들어낸 활주로를 보는 것 같달까.

"합동 장례로군요."

"분향식이기도 하겠고."

잘한 일이긴 한 것 같은데, 시체를 태우는 매캐함이 고역이었다.

우리는 다시 길을 재촉했다. 그렇게 한 네댓 시간을 걸어갔을 때였다.

"전방에 기병입니다. 수는 약 이십 기."

한 무리의 기마병이 망토를 휘날리며 빠르게 접근해오고 있었다.

"베로니카님의 불이 주목을 끈 모양입니다."

"잘 됐네. 안 그래도 가서 따져 물으려던 참이었잖아."

우리는 속도를 늦추며 그들을 기다렸다. 딱히 긴장하거나 하진 않았다. 이 멤버를 어떻게 해보려면 기병 이십 기가 아니라 군대가 와야 할 테니까.

"워어."

기수들은 스무 명 전원이 갑옷 상판에 날개를 편 흰독수리 문양을 달고 있었다. 로젠트 가의 군인들이었다. 그중에서도 휘장이 특히나 화려한 자가 앞으로 말을 몰아 나왔다.

"이 불을 당신들이 지른 겁니까?"

군인 치고는 꽤 저자세의 태도였다. 그럴 수밖에 없겠지. 뉴 베로니카의 화력이란 내가 봐도 상상초월이니까.

"그런 것 같아."

"당신들은 누구십니까? 지금 이 불이 무얼 뜻하는지 알고 계십니까?"

"나는 테나단이란 사람인데. 왜, 불만 있어?"

난 흑룡으로 어깨를 툭툭 두드리며 시건방지게 말했다. 적이라는 게 확실해졌으니 예의 따위는 개나 주도록 하자.

"테나단님? 그 테나단님이란 말입니까!"

그는 갑자기 감격한 어조로 외쳤다.

"날 알고 있어?"

"당신을 알고 있냐고요? 지금 장난하십니까? 빛보다 빠른 검, 혼돈을 종식시킨 자! 당신은 전설이라구요! 칸나의 모든 여관에서 테나단님의 영웅담을 노래하고 있을 겁니다. 마침 저도 어제 저녁, 햄샌드위치를 먹으면서 한 곡조 듣고 있었죠."

그는 대뜸 투구를 벗어들며 노래를 흥얼거렸다.

"혼돈의 괴물이 나타났다. 지옥의 유황이 솟구쳤다. 오오, 바라스의 운명이여…!"

"잠깐, 잠깐잠깐."

나는 손을 휘저으며 그를 말렸다. 낯 뜨거운 노래실력은 둘째 치고, 지금 이런 얘기를 나눌 때가 아니잖아.

"예? 제 노래가 별로입니까?"

"아니, 노래는 그럭저럭 들을 만했는데, 하려던 말이 있지 않았어?"

"아, 그렇죠."

그는 그제야 기억이 났다는 듯 손바닥을 탁 내리쳤다. 생긴 건 멀쩡하게 생겼는데, 아주 산만한 사람이었다.

"테나단님. 여기 매달린 죄인들이 불쌍해서 화장을 시켜주신 거죠? 저도 그 심정 모르는 바 아닙니다만, 저희에게도 불가피한 사정이란 게 있으니까요. 최소한 좋아서 한 게 아니라는 것만은 알아주셨으면 합니다."

"이 사람들이 무슨 잘못을 했는데?"

"가면서 말씀하시죠. 액슬린으로 가시는 거라면 제가 안내해드리겠습니다. 아참, 저는 아레이입니다. 아레이 로젠트."

아레이. 설정에 있는 캐릭터였다. 벨렘 로젠트의 다섯 번째이던가 여섯 번째 자식이었을 것이다. 중요한 인물은 아니라서 이름만 지어줬었던 기억이 난다.

그나저나 벨렘의 자식이 나를 이렇게 좋게 봐주다니, 기분이 묘했다. 날 보자마자 잡아먹겠다고 덤벼도 모자랄 판에 말이야.

"이 사람들이 무슨 죄를 지었는지 말해봐."

나는 말머리를 나란히 하며 물었다. 그는 꽤 진중한 표정으로 대답했다.

"사교도입니다."

"어떤 사교도?"

"소로스의 신도들입니다."

"아…… 그랬군."

소로스라는 한 마디로 이해가 된다.

"소로스가 무엇이냐?"

베로니카가 끼어들었다. 그녀는 제대로 된 교육을 받은 적이 없어 상식에 취약했다. 내가 무어라 설명을 해주려던 참이었다. 아레이가 옆에서 폭발했다.

"오, 아름다운 여인이여. 당신의 무지가 내 가슴을 아프게 하는군요!"

"소로스는 꿈의 신이야."

나는 그의 장광설이 또 시작될 거 같아 재빨리 선수를 쳤다.

"꿈? 꿈의 신이 왜 나쁘다는 거지?"

"그건 좀 애매한 부분이야. 악몽이 있으면 길몽도 있는 법이니까. 굳이 성향을 따지자면 악신에 가깝다고 봐야겠지. 소로스는 꿈을 통해 예배를 받거든. 그의 신도들은 예배를 올리기 위해 종일 잠을 자다가, 결국에는 꿈의 세계에 갇혀 영원히 거기 머물러버리기도 해."

"왜 그런 신을 모시는 거지? 결국 죽어버린다면."

"소로스는 꿈을 현실로 만들어주기 때문입니다."

아레이가 내 말을 받았다.

"꿈을 현실로 만드는 것. 신도들의 가장 큰 목표가 그것입니다. 신도들 모두 자신의 최후를 알고 있습니다. 꿈을 꾸다 죽을 수도 있다고요. 그래도 꿈이 이뤄지기만 한다면 상관이 없다는 거죠."

"난…… 모르겠다. 내가 죽으면 그게 다 무슨 소용인지."

"나도 그렇게 생각해. 하지만 인간이란 정말 다양하니까. 그보다 더 사소한 이유로도 목숨을 거는걸 뭐."

소로스의 '현실화'는 두 가지 형태로 나타난다. 신도들은 꿈의 세계에서 자신의 꿈과 마주친다. 하렘을 꿈꾸는 사람이 있다면, 소로스가 만든 세계에서 의자왕이 되어 영원토록 주지육림을 맛볼 수 있다는 이야기. 어때, 해볼 만하지?

다른 형태의 현실화도 있다. 너무 미워서 죽이고 싶은 사람이 있다 치자. 그래서 교통사고라도 나길 바랐는데, 진짜로 사고가 일어난 거다. 바로 예지몽이라는 거지. 소로스의 힘은 꿈의 세계를 현실로 가져올 수도 있다는 점.

전자는 인간의 의식을 가상현실 속에 가둬버리는 개념이라면, 후자는 우리가 사는 현실을 왜곡해버리는 강력한 힘이었다. 벨렘이 두려워하는 건 후자일 터이다.

"아버지께서는 소로스의 신도가 어떤 꿈을 현실로 가져올지 경계하십니다. 뭐 많잖습니까. 재수없는 귀족이 죽는다던가, 재수없는 귀족이 죽는다던가. 하하하."

"웃을 일은 아닌 거 같은데……."

네 아버지 이야기잖아 그거.

"아, 죄송합니다. 저는 여러 가지 생각을 동시에 하는 버릇이 있거든요."

"그래, 그건 그렇다고 치고. 언제부터 이 짓거리를 시작했어?"

"글쎄요. 저는 버려진 자식이라 로젠테리온에 붙어있

진 않았습니다. 여기저기 떠돌다가 돌아와 보니 벌써 이 모양 이 꼴이더라고요. 듣기로 한 이삼 년은 됐다고 합니다."

"문제가 될 정도의 상황이야? 꿈을 현실로 가져온다는 게 말처럼 쉬운 일은 아니잖아."

소로스의 예지몽이란 TRPG룰에서 흔히 9서클이나 10서클로 분류되는, '제한적인 소원' 마법의 효과와 맞먹었다. 그것은 마법이라기보다 기적에 가까운 힘이었다. 누군가가 소로스의 권능을 빌려 벨렘을 죽이고자 한다면 그 자신부터 신의 사도에 근접하는 자격을 지녀야 할 것이다.

"역시 테나단님! 핵심을 찌르시는군요. 이게 골머리를 싸맬 수밖에 없는 이유가 있습니다. 근래 들어 신도들이 급격히 많아지는 근원이랄까요."

"뭔데?"

"영지에 소로스의 사도가 찾아온 모양입니다. 이건 그렇게 오래 된 이야기가 아닙니다. 보름도 채 되지 않았죠. 모든 수단을 동원해서 나름 수사를 해봤습니다만, 워낙 신출귀몰한 자라 별칭 말고는 알아낸 게 없습니다."

"별칭?"

"에…… 이거 말씀드려도 되려나요? 상관없겠죠? 상관없나?"

그는 동의를 구하듯 부하들을 돌아보았다. 부하들은 시큰둥히 고개를 끄덕여주었다.

"테나단님이니까 말씀드리는 겁니다. 어디가서 소문내시면 안 됩니다."

"입 닫을게."

녀석은 내게 몸을 기울이며 속삭였다.

"드림워커라고 합니다."

언더테이커, 라이트브링어에 이은 드림워커라. 네이밍 알고리즘을 알 것도 같군.

그나저나 굉장히 거슬리는 녀석이 엮여버린 것 같다. 백팔신 중에서 거슬리기로는 둘째가라면 서러울 신이 바로 이 소로스라는 녀석이었다.

환영, 세뇌, 정신분열 등등, 녀석의 취향은 변태적인 쪽으로 독보적이었다. 녀석이 사도에게 준 책도 그러한 취향을 극대화한 능력을 지녔을 것이다. 차라리 알테온처럼 때리고 부수는 게 낫지, 이런 건 내가 설정해놓고도 질색이었다.

그러나 기대가 되는 측면도 있었다. 나는 고도로 발달된 과학문명을 접해본 사람이다. 따라서 내 꿈을 실체화한다는 건 자체로 설정붕괴였다.

노블리스트의 능력으로 설정을 조종하고, 드림워커의 능력으로 설정 밖의 것을 구현한다면 그거야말로 내 궁극의 진화가 아닐까.

"아레이, 드림워커란 자가 나오면 내게도 알려줄 수 있겠어?"

"저희를 도와주시려고요?"

"으음, 결과적으로는 그렇게 될 수도 있겠지만…."

"당연히 알려드리겠습니다! 알려드리고말고요. 테나단님이 도와주신다면 천군만마가 부럽지 않습니다!"

나는 아레이의 호들갑을 한 귀로 듣고 흘렸다.

아레이와 우리는 그 이후로 쭉 동행했다. 녀석은 이동하는 내내 수다를 멈추지 않았다. 그런데 그게 또 듣기에 재미가 있어서, 이건 도저히 한 귀로 흘려지지가 않았다.

"제 아버지께서 왜 욕을 먹는지 아십니까?"

"아니."

"어릴 때 사랑을 못 받고 자라서 그렇답니다, 하하."

"그건 부친의 평판에 누가 될 말 아니오?"

"아, 사랑을 못 받은 건 접니다. 저 때문에 욕을 실컷 드시는 중이죠."

불칸이 근엄하게 나무라도 해봤으나, 그로서는 역부족이었다.

이야기 속에 신상정보도 줄줄이 새어나왔다. 아레이는 너무 늦깎이로 태어난지라 후계구도엔 일찌감치 손 놓고 세상을 떠돌아다닌 모양이었다. 나이는 잘 쳐줘야 이십대 중반인데, 말만 들어보면 안 가본 장소가 없는 것 같았다.

욜의 황금탑이라던가 실란의 나무도시 등, 내 설정에 랜드마크라고 할 수 있는 명소들이 한 번씩 거론되었다. 견문이 짧은 베로니카는 이야기에 어찌나 심취했는지 상체가 아레이 쪽으로 십오 도는 기울어져있었다.

"여기가 마로자입니다."

우리는 액슬린과 신 바라스를 잇는 거점도시 중 첫 번째 장소에 도착했다. 해는 저물어 마법등이 거리를 환히 비추고 있었다.

"우선 안에 기별을 넣겠습니다."

"영주한테 내 방문을 알리겠다고?"

"예. 여기 침실이 아주 죽여주거든요."

"좋은 생각은 아닌 것 같다만."

성문을 들어올 때부터 이미 곱지 않은 시선들을 느끼고 있었다. 나 때문인지 최근 흉흉하다는 분위기 탓인지, 거리는 쥐새끼 하나 보이지 않을 만큼 한산했다.

조금 기다리니 영주관에 갔던 기수가 돌아왔다.

"뭐라던?"

"자기 집에 역적을 들일 순 없다고 하십니다."

"뭐? 그 아저씨 진심이야?"

"그리고 가급적 도시 밖으로 나가주면 고맙겠다고 하시더군요. 가던 길에 칼 맞아 죽으라고도."

"허어어."

아레이는 길게 탄식을 했다.

"죄송합니다, 테나단님. 이 아저씨가 원래 이런 사람이 아니었는데…."

"괜찮아. 이게 당연한 거지."

내가 환영받지 못하는 거야 당연하다. 더불어 아레이의 위상이 개차반이라는 것도 같이 확인할 수 있었다. 벨렘로젠트의 다섯 번째 아들은 변방의 영주에게 씨알도 먹히지 않는 이름이었다.

"그럼 여관이라도 수배해드리겠습니다."

"여관 정도야 알아서 찾아가지 뭐."

"그럴 수는 없습니다. 영웅을 대하는 도의라는 게 있으니까요."

아레이는 이상한 의욕에 불타오르고 있었다. 어차피 여기 지리를 모르기도 해서, 우리는 그의 안내를 받기로 했다.

그가 안내한 여관은 겉으로는 꽤 괜찮아 보였는데, 투숙객이 한 명도 없어 방을 골라가며 잡을 수 있었다. 여관 주인은 우리를 왕이나 되는 것처럼 받들어 모셨다. 불경기라는 거겠지.

아레이는 기수들을 이끌고 병영으로 돌아갔다. 그는 할 일도 없는지 내일 아침 모시러 오겠다는 말을 잊지 않았다.

"잠깐만."

나는 여관 복도에서 불칸과 베로니카를 불러 세웠다.

"무슨 일이십니까?"

"쉿."

나는 주변에 듣는 귀가 없음을 우선 확인했다.

"작전회의야."

"경청하겠습니다."

"지금 돌아가는 꼴이 썩 좋지 않아. 아레이란 녀석 덕에 너무 주목을 받았단 말이지. 걔는 만사가 태평하던데, 당장 오늘 저녁 암살자가 쳐들어올 수도 있다고."

벨렘 로젠트의 단점이 오합지졸이라고 했었던가. 그가 거느린 이십여 영주들은 좋은 쪽으로나 나쁜 쪽으로나 통제를 벗어나 있었다. 나를 암살해놓고는 과잉충성이었다며 소설을 쓸 놈이 있을 수도 있다는 것.

"불침번을 서야겠군요."

"그래, 순서는 내가 정해주겠어. 베로니카가 먼저, 다음이 나, 다음이 너."

"알겠습니다."

내가 중간인 이유는 단순하다. 그때가 일어나기 가장 힘든 시간이니까. 힘든 걸 남 시키는 건 내 취향이 아니잖냐.

잠 덜 자면 키가 안 큰다는 설을 들어본 거 같긴 한데,

하루쯤 덜 잔다고 별 일 있겠어?

"번을 설 때 유념해야 할 게 있어. 우리 적은 벨렘만이 아니거든. 소로스의 신도들도 나를 노리고 있다고 봐야 해. 녀석들은 어떤 능력을 쓰는지 모르니까 요주의해야겠지."

"신도를 구분하는 방법이 있습니까?"

"전혀."

"그렇다면 아무도 통과시키면 안 되겠군요."

"아무도. 여관주인이라고 할지라도. 모두가 깨기 전에는 누구도 들여보내지 마."

"예."

"응, 아무도 보내지 않겠다."

두 사람은 비장하게 고개를 끄덕였다.

"그리고 우리는 모두 한 방에서 잘 거야. 분산되면 번을 서는 의미가 없으니까. 불칸, 옆방에서 침대를 하나 가져와줘."

"알겠습니다."

불칸은 침대를 공깃돌처럼 한 손에 쥐어 들고 왔다. 베로니카는 그동안 방안을 돌아다니며 판토마임 비슷한 손동작을 보였다.

"뭐해?"

"경계술법이다. 나 혼자 여행을 다닐 때 자주 썼던 방법이다."

“아무것도 안 보이는데….”

“눈으로 보지 말고 느껴야 한다.”

베로니카는 내 손을 쥐어 허공에 가져갔다.

“오?”

따스한 열기가 느껴졌다. 나는 손가락 끝을 더듬어 조금 더 느낌을 잡아갔다. 열기는 가느다란 선의 형태를 이루고 있었다. 이런 선이 한두 개가 아니었다. 그녀는 의기양양한 표정으로 말했다.

“술법은 나와 연결되어 있다. 내 감각을 속이고 접근하는 건 불가능하다.”

일종의 열적외선 트랩인 건가. 베로니카는 움직이는 경비시스템이라는 거군. 이거면 어지간한 놈들은 다 걸러지겠는걸?

그래도 그녀만 믿고 안심할 수는 없다. 나는 옷장으로 창문을 가리고 흑룡을 침대맡에 세워두는 등 만전에 만전을 기했다.

상대가 벨렘 하나만이라면 과잉대응일 수도 있다. 벨렘은 병력의 수가 많아 거치적거리는 거지, 나를 위협할만한 능력자를 거느리고 있진 않으니까. 신경 쓰이는 건 소로스였다.

이 세계로 넘어온 후 얻은 교훈이 하나 있걸랑. 신의 사도한테 까불대다가는 훅 간다고.

지난번 전투에서도 내벽에 짱박혔기에 망정이었지, 까딱했다간 초장부터 신벌 맞고 요단강 건넜을 수도 있었다.

“이제 자라. 적당할 때 깨워주겠다.”

베로니카는 문간에 기대며 책을 한 권 펼쳤다. 저게 전에 보던 로맨스 소설이었나. 아직도 들고 다니는구나.

나는 얌전히 침대에 누워 이불을 덮었다. 여직 전투의 피로가 남아있었는지 눈이 스르르 감겨왔다.

❖

“테나단.”

“…….”

“테나단.”

귓가에 따뜻한 숨결이 느껴졌다.

“테나단, 일어날 시간이야.”

“으응…….”

나는 눈꺼풀을 힘겹게 들어올렸다. 방안은 앞을 분간하기 어려울 만큼 어두웠다.

가녀린 실루엣이 침대 머리맡에 서있었다. 그것이 베로니카임은 풍겨오는 향기만으로도 알 수 있었다. 나는 이마를 짚으며 고개를 흔들었다.

"미안, 내가 너무 많이 잤나?"

"아니. 내가 늦게 깨웠다."

나는 이불을 젖히며 일어났다. 어쩐지 몸에 힘이 들어가지 않았다.

나 저혈압이라도 있는 건가.

그녀는 내가 장비를 갖출 때까지 차분히 기다려주었다. 갑옷의 버클을 죄일 때마다 흩어졌던 정신이 돌아오는 것만 같았다.

"별일은 없었지?"

"조용하더라."

"쉬어, 피곤하겠다."

맞은편 침대는 불칸의 거대한 몸이 점령중이었다. 나는 그가 깨지 않도록 발끝에 힘을 주어 걸었다.

뒤에서 바스락거리는 소리가 났다. 이건 그녀가 갑옷을 벗는 소리일 것이다. 나는 조금 서둘러 복도로 나갔다.

공기가 약간 서늘했다. 복도 끝 덧창이 열린 채로 덜그덕대고 있었다.

냉기의 출처가 저기로군. 저걸 베로니카가 못 본 건가.

아니지, 그녀는 추위를 타지 않는다. 그래서 열린 문을 보고도 아무 생각이 없었나보다. 나는 별 수 없이 복도의 끝까지 걸어가 문단속을 했다.

이제부터는 시간과의 싸움이었다. 불칸이 미안해할 만큼 늦게까지 버티는 게 목표였다.

나는 벽에 기대어 설정북을 꺼내들었다. 내가 설정한 것 말고도 추가된 요소가 많았기에, 오늘 밤 작정하고 독파를 해볼 심산이었다. 우선은 소로스와 그의 신도, 그리고 꿈의 세계에 관해 알아봐야겠지.

"흐아암."

몇 시간이 지났을까. 아니, 몇 분이 지났을까. 창문 밖은 도무지 밝아질 기미가 없었다.

시간 참 오지게 늦게 가는 것 같다. 해가 뜨자마자 주인 아저씨를 들들 볶아야겠다. 아까는 간이라도 빼줄 것처럼 굴더니, 어째서 이런 기본적인 게 안 돼있냐고.

그 때, 아래계단에서 난데없이 삐걱거리는 소리가 났다. 듣는 순간 사람의 발소리임을 알 수 있었다.

이 새벽에 누가?

나는 언제라도 검을 뽑을 수 있도록 허리춤에 손을 가져갔다. 발소리는 점점 다가왔다. 조용하면서도 자신을 숨길 의사가 없는 기척이었다.

등골이 오싹하다는 말을 이럴 때 쓰는 건가. 우리 말고는 아무도 묵지 않는 여관에, 꼭두새벽에. 내 손에 머물러 있는 강력한 힘만 아니었다면 이게 무슨 납량특집인줄 알았을 거라고.

계단 난간에서 검은 형체가 모습을 드러내었다. 발소리의 주인공이었다. 윤곽선이 왠지 낯설지가 않았다. 그 찰나 밝아진 빛이 그것의 정체를 비추었다.

"뭐……."

나는 망연자실하게 중얼거렸다. 보고서도 믿을 수 없었다.

늘어뜨린 적발. 무심한 붉은 눈동자.

"베로니카?"

틀림없는 베로니카다. 내가 미친 게 아니라면.

그녀는 나를 쳐다보며 천천히 계단을 올라왔다. 그녀가 가까워질수록 손과 발에서 힘이 쭉 빠져나갔다. 무척추동물이 되어가는 것만 같았다.

환영? 이건 환영인가?

아까 교대할 때 내가 베로니카의 얼굴을 확인했었던가?

정돈되지 않은 생각이 널을 뛰었다. 머리가 터져나갈 것만 같았다. 나는 허리에 찬 블랙하트를 충동적으로 뽑아들었다. 개방된 부정의 아우라가 어둠 속에 먼지처럼 스며들었다.

"거기 멈춰, 베로니카."

나는 그녀에게 위협적으로 말했다.

베로니카는 나를 빤히 응시했다. 저 붉은 눈동자가 이토록 섬뜩하게 느껴진 건 처음이었다.

"다가오지 말라고 했어."

나는 정말로 찌를 것처럼 그녀를 위협했다. 그녀는 내 말을 들은 체 만 체하며 한 걸음 한 걸음 가까워졌다. 나는 그녀에게서 눈을 떼지 않으며, 아랫배에 힘을 주어 크게 소리쳤다.

"베로니카, 불칸! 일어나!"

안에서는 아무런 기척이 없었다.

"베로니카, 불칸!"

나는 다급하게 목소리를 높였다. 이때 그녀는 지척까지 다가와 있었다. 익숙한 향기가 코끝을 간지럽혔다. 그녀는 가슴이 검에 닿을 듯 말 듯한 거리에서 내게 뜻 모를 미소를 지었다.

"……너?"

베로니카는 내 앞에서 천천히 옷을 벗기 시작했다. 상의가 동그란 어깨선을 따라 사르륵 미끄러졌다. 나는 홀린 듯 넋을 잃고 그녀를 바라보았다. 차가운 마룻바닥에 겉옷이 하나씩 쌓여갔다. 빛은 힘을 되찾아 소녀의 탈의를 적나라하게 비추었다.

이윽고 그녀는 완전히 알몸이 되었다. 깃털처럼 여린 몸은 불가해할 만큼 아름다운 곡선으로 빚어져 있었다. 마치 하얀 자기인형을 보는 것만 같았다. 도도히 솟은 가슴이 몸의 움직임을 따라 부드럽게 흔들거렸다. 나는 그녀에게서 눈을 뗄 수도, 그녀를 찌를 수도 없었다.

기다란 손이 뻗어와 나를 껴안았다. 나는 가쁘게 숨을 몰아쉬었다. 무기력증은 갈수록 심해져 이제는 검의 무게마저 버거워졌다.

"테나단…."

이건 악몽이다. 불쾌한 악몽.

나는 엉겨붙는 그녀를 억지로 떨쳐내었다. 기분은 점점 나빠져 갔다. 하필 베로니카를 이런 모습으로 만들다니.

예전이었다면 모르겠다, 내가 유빈이던 시절. 그때였다면 애저녁에 현혹됐을지도. 현혹까지 가지도 않았겠지. 복도에서 두 번째 베로니카를 만난 순간 까무러쳤을 것이다. 그러나 지금은 많은 것들이 바뀌었다. 나는 유빈으로서 남아있기엔 너무 먼 길을 걸어왔다. 나는 이 두 손으로 무수한 목숨을 거둬왔으며, 신과도 맞서 싸웠던 사람이다.

"장난은 집어치워!"

나는 눈을 부릅뜨며 일갈했다. 그 순간 베로니카의 모습이 거짓말처럼 사라지고, 흰 벽지를 바른 산뜻한 방이 나타났다.

"……망할."

이쯤 했으면 깨어나야 하는 거 아냐?

여긴 내 방이었다. 저편 세상에 남겨두고 온 김유빈의 방.

낡은 컴퓨터 책상. 팔걸이가 빠진 듀오백 의자. 19인치 모니터엔 화면보호기가 뱅글뱅글 도는 중이었고, 책상 위에는 먹다 남긴 호두봉투가 입을 벌리고 있었다. 모든 게 내가 간직하고 있는 마지막 기억 그대로였다.

배경이 이곳이라면 지금 꼬락서니가 어떤지도 보나마나겠군. 거울은 절대 보지 말아야겠다.

나는 의자에 털썩 주저앉았다. 피할 수 없으면 즐기라더라. 이때 아니면 언제 또 컴퓨터 앞에 앉아보겠어?

내친 김에 Mpia에 접속해보았는데, 내 소설의 조회수는 여전히 처참했다.

이젠 이 망작을 어떻게 수습해야 할지 알 것도 같아. 그간의 경험을 십분 살려서 말이지.

똑똑.

누가 문을 두드렸다. 말리기도 전에 문이 활짝 열렸다.

"빈아."

엄마였다. 나는 그만 한숨을 내쉬고 말았다.

그래, 이 패턴이 왜 안 나오나 했다.

"빈아, 밥 먹어야지."

이 공격은 유효했다. 유효하다 못해 아프기까지 했다. 결코 다시 꺼내지 않으리라 다짐했던 기억이니까.

"왜 그러니? 바빠?"

"아니."

"그러면 밥 먹자. 너 좋아하는 돈까스 해 놨다."

나는 아랫입술을 꽉 깨물었다.

축하해야겠지. 드림워커. 이 꿈의 목적이 날 열받게 하는 거라면 아주 제대로 성공했어. 나는 나르바하에 와서 숱한 적과 싸워왔지만, 너만큼 나를 화나게 한 놈은 없었던 것 같다.

"안 먹어."

"안 먹어? 왜? 먹을 때 같이 먹어야지."

"왜 안 먹냐면."

나는 의자를 물리며 엄마를 노려보았다.

"이건 꿈일 뿐이니까."

엄마는 눈을 깜박거렸다. 내가 무슨 말을 했는지 이해가 안 간다는 표정이었다.

내게 눈이 달렸다는 게 이렇게 후회스러운 날이 올 줄은 몰랐다. 엄마의 저런 표정을 보자니 가슴이 타들어가는 것만 같았다. 나는 이 죄악감을 드림워커에 대한 분노로 바꿔버렸다.

"빈아……."

"인사는 이쯤 해두지, 드림워커."

"대체 무슨 말을 하는 거니?"

"미안하지만 이런 방식은 소용없어. 내가 좀 불효자식이라서."

나는 눈을 지그시 감았다. 그는 날 어쩌지 못할 것이다. 정신계 마법의 체계를 세운 사람이 바로 나다. 설사 소로스가 직접 힘을 행사중이라 하더라도 내가 만든 대원칙을 깰 수는 없다.

드림워커는 내 정신에 들어왔으며, 내 마음 가장 깊은 곳에 위치한 두 가지 의식을 끌어내었다. 그러나 거기까지였다. 내 의지가 견고한 이상 그는 나를 읽어낼 수도, 조종할 수도 없을 것이다.

나는 앉은 채로 명상에 들어갔다. 마음이 차분해졌다. 누군가가 말을 걸기도 하고, 몸을 건드리는 것 같기도 했다. 그러나 나는 집중력을 흩뜨리지 않았다.

"테나단."

"……."

"테나단."

귓가에 따뜻한 숨결이 와 닿았다.

"으응……."

나는 슬며시 눈을 떴다. 베로니카가 날 깨우고 있었다.

그녀의 모습을 보자 예지에 가까운 강렬한 기시감이 찾아왔다. 그러나 느낌만은 달랐다. 오감이 총체적으로 느껴지고 있었다. 베로니카의 향기가, 목소리가, 모습이 그 자체로 훨씬 선명했다.

"테나단, 괜찮아?"

그녀는 침대 머리맡에 서서 나를 살짝 흔들었다. 나는 이마를 짚으며 고개를 내저었다.

"미안. 내가 너무 많이 잤지."

"너 잠꼬대를 하더라."

"그래?"

"소리를 지르기에 무슨 일인지 와봤는데, 그때부터는 또 잘 자는 것 같던걸."

"괴상한 꿈을 꾸긴 했다만… 잠깐."

나는 이불을 냅다 내던지며 일어났다. 그리고 베로니카의 어깨를 덥석 잡았다. 방안은 생각만큼 어둡지 않았다. 스탠드가 그녀의 맞은편에서 빛을 뿌리고 있었다. 그녀는 놀란 듯 토끼처럼 눈을 덩그렇게 떴다.

"테나단?"

"너 말투가 왜 그래?"

"내 말투가 어떠냐니?"

"아니, 지금 말고 아까. 평소 말투가 아니었잖아."

반복되는 꿈을 주제로 한 공포영화가 있었지. 제목은

기억이 안 나는데, 하여간 그게 소로스가 보여줄 수 있는 최악의 시나리오였다. 겨우 악몽에서 깨어났더니 같은 악몽이 계속된다는 거. 때문에 그녀가 내가 알던 그 베로니카가 맞나 확인을 해둘 필요가 있었다.

"역시 이상했나 보구나."

그녀는 내 손을 슬쩍 떼어내었다.

나 뭔가 엄청난 잘못을 저질러버린 것 같다. 아무리 내가 둔한 놈이라고 해도, 지금 그녀가 무지하게 실망했다는 것쯤은 표정만으로도 알 수 있었다. 나는 조급했던 것도 잊고 벙쪄서 되물었다.

"베, 베로니카? 왜 그래?"

"역시 그냥 하던 대로 해야겠다."

"잠깐만, 혹시 화난 거야? 아, 어깨 잡은 건 미안해. 워낙 이상한 꿈을 꿔서 그랬어."

"아무것도 아니니까 신경 쓸 것 없다."

아무것도 아니긴. 전혀 그렇지 않아 보이는걸.

나 뭘 잘못했지? 이게 말로만 듣던 여자의 언어라는 건가?

"베로니카, 들어봐. 꿈속에서…."

나는 변명을 주워섬기다가 문득 그녀가 들고 있는 책에 눈길이 갔다. 표지가 닳도록 읽고 또 읽은 로맨스 소설이었다. 그때, 불현듯 벼락같은 깨달음이 찾아왔다. 꿈속에서 겪었던 일을 합친 것보다 더 충격적인 깨달음이었다.

"너 설마 책을 보고?"

베로니카는 미진했던 사회화 과정을 로맨스 소설을 통해 밟고 있었다. 그 첫 번째가 바로 말투 교정이었던 것이다. 나로서는 쌍수 들고, 아니, 엎드려 절을 해서라도 환영할 일이었다.

그녀의 얼굴이 새빨개졌다. 단풍잎마냥 얼굴뿐만 아니라 귓바퀴랑 목덜미까지 붉게 물들어갔다.

"상관없다. 다시는 안 할 거니까."

"아니야!"

나는 저도 모르게 목소리를 높였다가, 불칸을 의식해서 입을 가렸다.

"아니야, 베로니카."

"아니라니?"

"계속해줘. 부디, 제발."

나는 두 손을 합장하듯 모았다. 이젠 그녀가 당황할 차례였다.

"뭐, 뭐냐. 그렇게까지…."

"너 엄청 귀여웠다고."

"내가…… 귀엽다고?"

그녀는 부끄러운지 머리카락만 배배 꼬았다. 몸도 같이 꼬이는 것 같았다. 그럴 수밖에 없는 게, 귀엽다는 말은 태어나서 처음 들어봤겠지. 그런 말을 듣고 자랄 환경이 아니었으니까.

"그렇게 좋았다면 가끔 해주도록 할까…."

"자주 해줘도 돼. 진심으로. 난 그런 말투가 정말 좋아."

"……."

그녀는 입을 꾹 다물더니, 갑자기 나를 지나쳐 침대로 입수했다. 그리고는 내 반대쪽으로 돌아누웠다.

"이만 자야겠다, 피곤해."

"아, 미안. 너무 붙들었지."

나는 머리를 긁으며 머쓱하게 말했다.

소로스 때문에 되는 일이 하나 없군.

문을 열고 막 나가려는데, 뒤에서 그녀의 조용한 목소리가 들려왔다.

"쌀쌀하니까 뭐라도 걸쳐야 할 거야."

이번에도 바뀐 말투였다.

"잘 자, 베로니카."

나는 흐뭇한 미소를 지으며 문을 닫았다. 설마 바로 누운 건 발개진 얼굴을 감추기 위해서려나.

나는 복도의 벽에 기대어 설정북을 꺼냈다. 그런데 글자가 도무지 눈에 들어오지 않았다. 일어날 때까지만 해도 기분이 바닥을 찍고 있었는데, 지금은 이래도 되나 싶을 만큼 말짱해졌다. 아니지. 히죽이고 있었다. 검은 글씨가 쿵덕이는 심장과 함께 춤을 추는 것만 같았다.

꿈속에서 봤던 베로니카의 알몸이 눈앞에 아른거렸다. 그게 그녀의 귀여움과 결합하여 상상이 꼬리에 꼬리를 물었다.

불칸, 아무래도 나 오늘 밤 새야 할 것 같아. 땡잡은 줄 알라고.

❖

"주군, 그러면 안 되셨습니다."

예견대로 불칸은 몸 둘 바를 모르며 미안해했다.

"괜찮아. 어차피 귀찮은 일이 생기면 네가 해치워줄 거잖아?"

"그건 그렇습니다만…."

"정 그러면 오늘 밤은 순번을 돌리지 뭐."

"이번에는 저를 중간에 넣어 주십시오. 꼭입니다."

"원한다면야."

나는 불칸과 베로니카에게 간밤의 꿈을 말해주지 않았다. 꿈이라는 게 항상 그렇듯, 깨고 나면 빠르게 잊히고 만다. 아침식사를 마칠 때 즈음엔 나도 아리송한 느낌만 남게 되었다. 평소의 잠재의식이 흘러나온 것인지, 진짜로 소로스의 농간이 있었던 것인지.

아레이는 본인 말대로 아침부터 우리를 찾아왔다.

"안녕히 주무셨습니까, 테나단님!"

그는 이번에는 홀몸이었다. 게다가 로젠트 가의 상징인 독수리 갑옷도 입지 않았다. 민무늬 가죽갑옷에 갈색 곱슬머리를 자유분방하게 늘어뜨린 모습이 어디서나 볼 수 있는 모험가 같았다.

"부하들은 다 어쨌어?"

"하하, 제 부하들이 아닙니다. 다 이곳 마로자 소속이었죠. 모두 원대복귀 하라고 하고 왔습니다. 이때가 아니면 테나단님을 수행해볼 기회가 없을 것 같아서요."

"마음대로 그래도 돼? 임무가 있으니까 여기 배치됐었던 거 아냐?"

"예, 있긴 했습니다! 근심 많은 아버지가 빈둥거리는 아들을 쫓아내기 위해 준 임무였죠. 하지만 이젠 상관없습니다. 더 중요한 임무가 생겨버렸으니까요."

아레이는 그러면서 내게 윙크를 보냈다.

"가실까요?"

마로자 다음 거점도시는 포렐이다. 첫 도시에서 불쾌한 경험을 한 나는 후딱 이 일을 끝마치길 바라고 있었다.

마로자와 포렐을 잇는 가도에도 말뚝형을 당한 소로스의 신도들이 즐비했다. 베로니카는 더 이상 시체를 불태우지 않았다. 소로스가 확실한 악신이라고 내가 못 박아줬기 때문이다.

"잘생겼다고? 그게 무슨 뜻이냐?"

"남자답게 생겼다는 거죠. 여성분들이 한눈에 보고 반할 정도로."

베로니카와 아레이는 시시콜콜한 주제로 대화를 나누는 중이었다. 아레이는 그녀가 본 적도 들은 적도 없는 욜의 대공에 대해 떠들어댔다. 황금이 방 하나를 가득 채울 정도로 많다느니, 강하고 똑똑하다느니 하다가 이제는 외모로 포커스가 넘어온 참이었다.

"이해가 안 가는걸."

그녀는 고개를 갸웃거렸다.

"남자라면 다 같은 남자인 거지, 생김새가 다르다고 해서 남자가 더 남자답게 될 수 있다는 거냐?"

"외모의 매력을 말하는 거죠. 외모는 이성을 판단할 때 중요한 기준이니까요. 다들 그렇지 않나요?"

"난 잘 모르겠다."

"아하, 알겠습니다. 취향이 이쪽이 아니신 거군요? 귀여운 쪽이신?"

"……."

베로니카는 아예 대꾸를 말아버렸다. 지켜보던 나는 실소를 지을 수밖에 없었다.

보통사람을 기준으로 잡고 대화를 나누기엔 그녀의 삶이 너무 파란만장했지. 그걸 모르는 이상 헛바퀴만 돌릴 수밖에.

"하긴 남자의 매력이라는 게 외모에 한정해서만 나오는 건 아니죠. 제가 성급했습니다. 베로니카님은 무얼 기준으로 남자를 보시나요?"

"신뢰."

"신뢰도 중요하죠. 믿음이 바탕이 되어야 뭘 해도 해볼 테니까요."

"싸울 때 등을 내줄 수 있는 자라면 좋은 남자인 것 같다."

지극히 그녀다운 답변이었다. 일전에 쉐브릴이 날더러 그녀가 날 사랑한다고 했지. 그녀의 사랑이란 바로 저 전우애를 가리키는 게 아닐까? 만약 그렇다고 하면 나는 실망해야 하나 좋아해야 하나.

"욜의 대공도 자신의 말을 반드시 지키는 사람이었죠. 그래서 인기가 그렇게 많았나 봅니다. 그에겐 여덟 명의 부인이 있었는데, 모두 동방에서 아름답고 지혜롭기로 이름난 처녀들이었습니다."

"흐응."

그렇게 잘난 녀석이라니 베로니카도 흥미가 동하는 듯했다.

이쯤에서 이걸 언급하지 않을 수 없겠는데, 나르바하에는 하렘이 존재한다. 물론 역하렘도 존재한다.

지구의 많은 문명권에서 일부다처제가 성행되었던 이유는 남녀 역할의 차이 때문이었다. 남자는 전쟁에서 죽어나가니 숫자가 모자랐고, 여자는 보호가 필요했으니까.

하지만 나르바하의 여자들은 남자 못지않게 강했다. 덕분에 많이 또 죽어나갔다. 전쟁은 남녀 모두에게 공평한 도전이었으며, 남자도 얼마든지 보호의 대상이 될 수 있었다.

"너는 많은 곳을 여행해봤구나. 그게 부럽다."

"좋게 말씀해주시니 감사합니다만, 팔자 좋은 한량이었죠. 모험가라는 게 다 그렇습니다. 먹고 살만 하니까 여행도 다니는 거 아니겠습니까, 하하."

아레이는 사람 좋게 웃더니, 이번엔 내게로 화살을 돌렸다.

"테나단님은 어떠십니까? 여행을 다녀본 적이 있으신지요?"

"없어."

수학여행이라면 두 번 있네. 경주랑 제주도였던가. 이름뿐인 남녀공학이라 추억다운 추억도 없었지.

"그러면 쭉 니바에서 살아오신 거군요."

"그렇다고 해 둘게."

나는 대충 둘러대다가, 문득 이상한 생각이 들어 고삐를 잡아당겼다.

"무슨 일이십니까?"

"잠깐."

나는 무기를 뽑아드는 불칸을 말렸다. 그리고 아레이를 쳐다보았다. 그는 예의 가벼워 보이는 웃음을 잃지 않고 있었다.

"아레이."

"옙!"

"여행을 안 다녀봤다는 게 어떻게 내가 니바에서 쭉 살았다는 말로 이어질 수 있지?"

"아, 그건…."

나는 그의 표정변화를 유심히 지켜보았다. 나란 인간은 불과 한 달 전에만 해도 세상 아무도 알아주지 않던 인간이었다. 내 공적에 대해 떠들어댈 수는 있어도, 내가 니바 토박이란 것까지 알 순 없지 않나.

"하핫, 제가 맞췄나보네요. 니바에서 거병을 하셨으니 당연히 그렇게 생각할 수밖에 없죠."

"그럴 수도 있지. 아니면 네게 남다른 정보원이 있을 수도."

내 태도가 심상치 않자 베로니카와 불칸이 아레이를 앞뒤로 둘러쌌다. 아레이는 식은땀을 흘리며 어색하게 웃었다.

"테나단님? 갑자기 왜 이러시죠? 제가 무슨 잘못이라도…."

"내가 지금 좀 예민하거든. 간밤에 꿈자리가 사나워서 말야."

"꿈이라고요?"

"그래. 무지하게 불쾌한 꿈이었어. 공교로운 건 타이밍이지. 원래 나는 그렇게 선명한 꿈을 꾸는 사람이 아니었어. 너를 만나고 소로스에 대해 듣자마자 그런 꿈을 꿨다는 건 우연의 일치일까, 아니면 네가 드림워커라는 뜻일까?"

"제가 드림워커라고요? 그건 정말 터무니없는 모함이십니다!"

"목소리 높일 것 없다. 간단히 확인해볼 수 있는 방법이 있으니까. 불칸!"

불칸은 손을 뻗어 말에 탄 아레이를 낚아챘다. 아레이는 휴지조각마냥 대롱대롱 들려 바닥에 무릎 꿇려졌다.

나는 흑룡을 챙기고 말에서 내렸다. 언월도의 넓적한 날이 목에 드리우자, 아레이는 사색이 되어 외쳤다.

"테나단님, 이러시면 안 됩니다. 친절도 잘못이라면 백 번 죽어 마땅하겠지만요!"

"알아, 너 친절했다는 거. 그러니까 더욱 결백을 확인해봐야 하지 않겠냐? 네 친절을 있는 그대로 받아들일 수 있게끔 말야."

소설의 법칙, 이유 없이 친절한 놈을 의심하라.

나는 흑룡을 쥐지 않은 손으로 품에서 설정북을 끄집어 냈다.

"기대해도 좋아. 이제 와서 밝힌다만, 나는 세상 모든 거짓말을 간파할 수 있는 능력이 있걸랑."

"사실이다."

베로니카가 한 마디 거들어 겁을 주었다. 아레이는 여전히 억울하다는 표정이었으나, 시선이 불안하게 흔들리고 있었다.

나는 아무런 예고도 없이 녀석의 얼굴 쪽으로 설정북을 디밀었다.

"빙고."

아레이는 책 모서리가 닿기 직전에 얼굴을 빼어 피했다. 책이 보이지 않으면 불가능한 행동이었다. 나는 득의양양하게 웃었다.

"잡았네, 드림워커."

"드림워커? 이 자가 드림워커였습니까?"

"그래. 덧붙여서 최악의 거짓말쟁이기도 하지."

"테나단님. 뭔가 오해가…!"

"닥쳐, 자식아."

나는 그의 뺨에 언월도의 날을 툭툭 두들겼다.

"내 앞에선 거짓말이 안 통한다고 했지? 한번만 더 변명을 해봐. 목을 날려버릴 테니."

거의 확신범이지만, 그래도 확인을 해둘 필요는 있겠지. 나는 설정북에서 아레이의 항목을 살펴보았다.

– 아레이 로젠트

벨렘 로젠트의 다섯 번째 아들. 방탕한 낭만주의자. 어릴 때부터 밖을 돌아다니길 좋아했다. 성년이 되자마자 집을 나선 그는 욜의 모래사막에서 소로스의 신도를 만나 종교에 귀의하였다.

그는 얼마 지나지 않아 걸출한 재능을 인정받아 사도로 발탁되었으나, 워낙 불성실한 탓에 이렇다 할 업적 없이 시간만 보내고 있었다. 때마침 아버지의 영내에서 노블리스트가 세력을 일으켰다. 그는 노블리스트와의 만남이 자신의 운명을 한 단계 도약시켜줄 것이라 기대하고 있다.

전용기 : 밤의 산책, 미몽의 경계
처치시 획득점수 : 150

"오호라."

답은 나왔네. 처음부터 노리고 접근했다 이거구만.

이해가 가지 않는 건 그의 능력이었다. 명확히 정해진

지표는 아닌데, 대충 영웅이라면 이 정도, 사도라면 이 정도 능력은 가져줘야지 않겠냐는 기대치가 있었다. 평균적으로 영웅으로 분류되는 자들은 100점 이상부터 800점 미만까지, 사도로 분류되는 자들은 800점 이상부터 1500점 미만까지의 점수를 지녔다. 하지만 아레이는 사도 치고는 점수가 너무 빈약했다. 영웅이라고 해도 약한 축에 드는 점수였다.

"너 뭘 믿고 나한테 덤빈 거냐?"

나는 말을 하며 주변을 둘러보았다. 텅 빈 가도엔 을씨년스러운 송장들이 이정표마냥 꽂혀 있었다.

"아니지, 뭘 믿고 이런 짓을 저지른 거냐?"

"테나단님…!"

"생각해보니 변명을 듣고 싶진 않네. 그냥 죽어."

살려 둬봤자 세상에 해만 될 놈이다. 나는 흑룡을 높이 치켜들었다.

"잠시, 잠시만요! 제가 다 설명 드리겠습니다!"

"테나단, 이야기 정도는 들어보는 게 좋지 않을까."

베로니카는 조금 전까지 같이 대화를 나누던 자를 죽인다는 게 꺼려지는 것 같았다.

베로니카가 편을 들어준다면 나도 마음이 약해진다. 아레이가 워낙 적극적으로 바짓가랑이를 붙잡고 있기도 하고.

"그럼 유언이라도 해 봐. 충고하는데, 할 말을 신중히 생각해야 할 거야. 너는 꿈속에서 날 조롱했어. 그런 도발을 넘겨줄 만큼 난 착한 사람이 아니야."

"감사합니다."

아레이는 울상이 되어 머리를 조아렸다. 연기는 아닌 듯했다. 녀석은 연기를 하기엔 너무 허술한 캐릭터 같았다.

"우선 저는 드림워커가 아닙니다."

"아직도 변명으로 일관한다면 좀 실망스러운데."

"제가 소로스의 사도라는 걸 부정하지는 않습니다. 하지만 저는 드림워커가 아닙니다. 저만 소로스의 사도인 건 아니니까요."

"사도가 여럿일 수도 있나?"

여럿일 수도 있다. 비효율적이라서 그렇게 하지 않다 뿐이지. 신의 입장에서는 한 명의 챔피언에게 권능을 몰아주는 게 포교에 더 효과적이니까.

"일반적으로 신의 사도는 한 명입니다만, 소로스께서는 둘을 두셨습니다. 우리 용어로는 길몽의 사도와 흉몽의 사도라고 합니다."

"너는 보나마나 흉몽이겠네."

"길몽입니다."

"어째서?"

나는 뜨악하게 반문했다. 간밤에 내가 꾼 꿈이 아직도 생생하거늘.

"저는 꿈속에서 사람의 마음 속 욕망을 끄집어낼 수 있습니다. 제가 테나단님께 정확히 무얼 보여드렸는지는 모릅니다만, 사람에 따라 본인의 욕망을 마주하는 게 불쾌한 경험이 될 수는 있겠죠."

"내 욕망이라……."

꿈은 두 가지였다. 베로니카가 나를 유혹하는 것과 원래 세계로 돌아간 것.

첫 번째 꿈은 내 욕망이 맞다. 불끈불끈하는 시기이기도 하고, 베로니카에게 동료를 넘어선 호감을 가지고도 있으니까.

두 번째 꿈은 조금 아리송하다. 나는 이 세계에 충분히 만족하고 있었다. 물론 위기가 날마다 끊이질 않긴 하는데, 신이 될 수 있다는 것만으로도 나는 나르바하에 잘 넘어왔다고 생각한다. 하지만 그렇다고 해서 가족이 그립지 않은 건 아니었다. 분명히 그런 그리움도 내 마음의 일부였다.

뭐야, 그게 진짜 흉몽이 아니었던 거야?

"흉몽의 사도는 저처럼 젠틀하지 않습니다. 그는 정신을 파괴하려는 목적으로 꿈을 부리죠. 테나단님 정도 되는 분을 어쩔 수는 없겠지만요."

"어쨌거나 마음에 안 들어. 멋대로 남의 꿈을 건드린다는 게."

"나름의 서비스라고 생각했었죠. 평생 잊지 못할 환상적인 꿈을 보여드리고 싶었는데, 제가 아직 기술을 잘 다루지 못해 좋지 않은 기억만 심어드린 것 같습니다."

아레이는 어설프게 웃었다. 녀석은 한스와 다른 의미로 알 수 없는 인물이었다. 너무 어설퍼서 어디까지가 연기고 진짜인지 모르겠달까.

"너는 흉몽의 사도와는 무슨 관계지?"

"타도해야 할 대상입니다."

"왜? 같은 신을 섬기잖아."

"그래야 제가 완벽해집니다. 소로스께서 주신 책은 두 개로 나뉘어 있거든요. 두 권의 책을 합쳐 완전하게 할 수만 있다면 굉장한 업적일 겁니다."

그런 이야기였군. 사도로서 업적 점수를 노리겠다는.

꽤 설득력이 있었다. 그러나 녀석은 이로서 내 경쟁자라는 게 확실해졌고, 덤으로 내 적인 벨렘 로젠트의 아들이기도 했다. 사정을 봐주기에는 너무 요란한 타이틀이었다.

"저는 테나단님께 위해를 끼치려는 마음이 손톱만큼도 없습니다. 그럴 재주도 없고요. 저한테 야망 같은 게 있었다면 세상을 떠돌아다니지도 않았겠죠."

"널 죽이진 않으마."

"테나단님…!"

나는 감격해서 두 손을 모으는 그에게 차갑게 덧붙였다.

"하지만 그게 네 말을 믿어준다는 말은 아니야. 넌 신뢰가 없어. 너무 많은 걸 감추고 내게 접근한 것만 봐도 그래. 넌 베로니카가 가장 싫어하는 유형의 남자인 거지."

"그렇게 말씀하시니 슬프군요. 어떻게 하면 절 믿으시겠습니까?"

"그 대답은 의외로 간단할 수 있겠네."

나는 녀석에게 손을 내밀었다.

"네 책을 넘겨."

"예?"

아레이는 멍청하게 반문했다. 못 알아들은 건 아닐 것이다. 너무 뜻밖의 협박이라 넋을 놓았을 뿐.

"시치미 떼긴. 소로스가 준 책 있잖아. 네가 무슨 말을 하건, 그걸 가지고 있는 이상 난 너를 믿을 수 없어."

아레이는 내가 자는 틈을 타 정신계 마법을 썼다. 의도는 상관없다. 그건 명백히 선을 넘은 행동이었다. 그리고 선을 넘은 행동을 마냥 순수하게 해석해줄 정도로 난 머저리가 아니라고.

"하지만……."

아레이는 똥마려운 사람처럼 머뭇거렸다.

"고민할 것 없어. 그런 거 가지고 있어봐야 사도끼리 싸우기밖에 더하겠냐? 내가 아니어도 언젠가는 벌어질 일이야."

"하지만 말입니다……. 책을 가져가신다는 건 살려주신다는 조건이 아니었나요?"

"그런데?"

"아시다시피 이 책이 그냥 책이 아니잖습니까. 신이 권능을 담아 하사한 책이죠. 이걸 간수를 못해 뺏기기라도 하면…."

"설마 신벌이라도 내리나?"

"예."

아레이는 고개를 끄덕거렸다.

소로스의 신벌이라. 과연 그건 무서워할 만도 하군. 백팔신 중에서 고문을 가장 잘하는 신이 누구냐고 묻는다면 나는 주저않고 소로스라고 대답하겠다. 정신계 마법은 고문특화라고 봐도 좋을 만큼 악질적인 게 많았다.

"그래도 줘."

나는 손을 재차 내밀었다. 아레이는 죽을상이 되어 애원했다.

"테나단님, 그것만은 제발…."

"타협점은 없어, 스스로 책을 넘기든가, 아니면 죽어서 뺏기든가. 새삼스레 왜 그래? 너는 소로스의 사도가 된 순간부터 죽고 죽이는 게임에 참가의사를 밝힌 거나 마찬가지야. 그걸 이제 와서 알았다고 할 참인가?"

물론 엄포만 놓는 중이다. 경쟁자라고는 하지만, 아레이의 능력은 한주먹꺼리도 안 되는 수준이었다. 사도끼리의 싸움까지 갈 것도 없었다. 어느 전장 어느 영웅에게나 목이 달아날 수 있는 녀석이었다.

"여기 있습니다."

아레이는 품에서 얇은 책 한 권을 꺼내 건네었다. 나는 냉큼 낚아채 제목을 확인했다.

– 몽마의 서, 길몽

책에는 꿈을 다루는 소로스의 술법이 망라되어 있었다. 길몽편은 정신계 마법 중에서도 비교적 덜 공격적인 것들만 정리된 것 같다. 그래도 정신계 마법이 으레 그렇듯이 음험한 건 매한가지였다.

"이건 내가 신 바라스로 돌아갈 때까지 맡아두겠어."

"테나단님…!"

아레이의 얼굴에 비로소 화색이 돌았다.

"방심하진 마. 수틀리면 그냥 흡수해 버릴 테니까."

"예. 잘하겠습니다!"

녀석은 언제 울상이었냐는 듯 씩씩하게 대답했다.

진짜 조심해야 할 거야. 내가 아는 한 책을 흡수하는 방법은 원소유자를 죽이는 것뿐이니까.

"가자."

나는 다시 말에 올라탔다.

아레이는 그 후로 풀이 죽어 내내 조용했다. 여행은 다소 심심해졌지만, 덕분에 두 번째 밤은 아무 꿈도 꾸지 않고 숙면을 취할 수 있었다.

3. 회담

Novelist

3. 회담

우리는 셋째 날 정오 즈음에 목표지인 엑슬린에 도착했다. 엑슬린은 이미 요새화를 마쳤는지 하나의 거대한 군사거점을 방불케했다. 사교도를 처형하는 말뚝은 더 이상 없었다. 대신 망루와 축대, 초소가 곳곳에 널려있었다.

적들은 내 얼굴을 알아보는 것 같았다. 첫 번째 초소에 닿기도 전부터 도시 안쪽으로 파발이 출발했다. 병사들은 먼발치에서 무리를 지어 우리를 구경했다. 수군대는 소리가 여기까지 들려왔다.

“저 자가 테나단….”

“신을 살해한 자!”

내 이야기를 노래하지 않는 여관이 없다더니, 그 말만은 사실인 것 같군.

마치 연예인이라도 된 것만 같았다. 얼굴을 알아주는 사람이 이렇게 많다니, 이 스마트하지 못한 세상에서는 무척 드문 일이었다.

"테나단님."

도시 입구에 가까워지자, 그간 말수가 없던 아레이가 입을 열었다.

"왜?"

"실은 드림워커에 관해 말씀드리지 않은 게 한 가지 더 있습니다."

"뭔데?"

"저는 아버지의 가신이나 연합의 영주 중 한 명이 드림워커일 거라고 짐작하고 있습니다. 평민을 상대로는 안 해본 조사가 없으니까요."

"그럴 수도 있겠지. 귀족의 신분이라면 거리낄 게 없으니까."

"예. 더군다나 아버지께선 오랫동안 정치판에 몸을 담아오신 분이라 적이 한두 사람이 아닙니다. 모든 측근이 용의선상에 있다고 봐야하죠. 그래서 반쯤은 포기하고 있었습니다. 혹시 불미스러운 일이 생기더라도 어쩔 수 없다, 이것도 다 업보가 아닌가 하고요."

"너 되게 직설적이다."

"하하, 제 몇 안 되는 장점 중 하나입니다. 아니, 단점이려나요."

"지금까지는 장점인 것 같아. 계속해봐."

"그게 다입니다. 그 다음부터는 빤한 이야기죠. 모쪼록 조심하시길. 드림워커는 이번 회담을 기회로 삼을 겁니다. 공격적으로 여론몰이를 하는 사람이 드림워커일 확률이 높습니다."

"흐음."

"그러면 저는 이만. 회담 때 또 뵙겠습니다."

아레이는 내게 정중히 고개를 숙였다. 그리고 베로니카와 불칸을 향해서도 손을 흔들어 주었다.

왜 이렇게까지 내게 친절한지 모르겠군. 가식으로 저러는 것 같진 않은데. 소로스의 사도가 내게 잘 보여야할만한 이유라도 있나?

"테나단님, 이제부터는 저를 따라오시면 됩니다."

우리는 메인홀로 곧장 안내되었다. 경계는 삼엄하기 그지없었다. 흑색 갑주에 미늘창을 든 전사들이 보초를 서고 있었다. 그들은 내가 테마르 최고전력이라고 서술했던 흑철기병대가 틀림없었다. 그들은 마상에서도 미늘창을 휘두르는 기병전투의 달인이었다. 본래라면 왕의 곁을 지켜야 하는 부대가 이곳에 배속되어 있는 건, 벨렘의 첫째 아들이 흑철기병대의 부대장이기 때문이다.

녀석들이 나를 야려보는 눈초리가 장난이 아니었다. 놈들은 어처구니없게도 내게 호승심을 느끼는 것 같았다.

호랑이 무서운 줄 모르는 늑대들이로군.

울쓰락의 전철을 밟지 않으려면 긴장을 하긴 해야겠다. 그도 본인의 실력을 과신한 탓에 수만 명의 병사들을 남겨두고 적진에서 쓸쓸히 죽을 수밖에 없었지.

메인 홀로 통하는 복도는 실용성과는 거리가 멀어 보이는, 오직 방문자의 기를 죽이기 위해 만들어진 듯한 장식들이 가득했다. 화분조차 징을 박아놓아 공성무기처럼 보일 지경이었다.

"니바와 신 바라스의 영주 테나단님께서 오셨습니다!"

궁내부장인 듯한 초로의 늙은이가 외쳤다.

우리는 무기를 그대로 소지한 채로 홀로 입장했다. 액슬린의 메인홀은 니바의 것보다 두 배 이상 컸다. 과장 조금 보태서 육상트랙을 깔아놔도 좋을 듯했다.

홀에는 적진영의 영주, 장군, 신하들이 열을 갖춰 우리를 기다리고 있었다. 예정일보다 이틀 이른 방문이었음에도 불구하고 올 사람이 다 온 듯한 모양새였다.

"영주는 무슨, 역적놈의 새끼가."

도열한 가신들 사이에서 비야냥이 새어나왔다. 그게 시작이었다.

"창녀의 자식아! 네가 기어 나온 진흙구덩이로 돌아가라!"

작가도 모르는 테나단의 부모를 디스하는 놈이 있는가 하면, 외모를 흉보는 놈도 있었다. 비리비리한 게 남창이 따로 없다며.

아레이, 공격적으로 여론몰이를 안 하는 사람이 없는데 어쩌냐.

"불쾌하군."

베로니카에게서 은은한 열기가 뿜어져 나왔다. 불칸은 내 왼쪽 뒤편에서 언제라도 무기를 뽑아들 준비를 하고 있었다.

"정숙하시게."

중후한 목소리가 소란을 진정시켰다. 벨렘 로젠트였다. 그는 보석으로 치장된 의자에 앉아 이쪽을 굽어보고 있었다.

대영주의 첫인상은 나쁘지 않았다. 그는 헐리웃 배우를 연상시킬 만큼 멋드러진 외모의 사내였다. 이런 걸 흔한 말로 모든 걸 다 가졌다고 하지. 잘생긴 재벌, 훈훈한 금숟가락.

그러나 그의 내면은 보이는 것만큼 훈훈하진 않을 것이다.

"그래, 자네가 바로 테나단이로군. 신을 살해한 자."

그는 부드럽게 웃으며 말을 걸어왔다. 나도 마주 웃으며 대꾸해주었다.

"그리고 당신은 벨렘 로젠트겠고."

"하하하, 소문대로의 배짱이야. 설마하니 고작 세 명이서 여길 찾아오다니."

벨렘은 기분이 좋아보였다. 그는 이 상황이 자신의 통제하에 있으며, 내가 이곳까지 찾아온 게 그에게 머리를 숙인 거나 마찬가지라 여기는 듯했다. 그는 그런 사람이었다. 남을 통제하기 위해 태어난 자, 일평생 남을 통제해온 자.

그러한 태도에는 가족이라 할지언정 예외가 없었다. 아레이처럼 자유로운 영혼과는 맞지 않는 아버지였겠지.

"벨렘 로젠트."

나는 한 걸음 나아갔다.

"그 이상 접근하지 마라."

다섯 명의 장군이 무기를 겨누며 나와 로젠트 사이를 가로막았다. 설정북을 펼쳐 볼 것도 없다. 모두 백점에서 이백점 사이의 영웅급 장수일 것이다. 중하위 레벨의 인재 수로는 벨렘을 따라올 군주가 없었다.

나는 어깨를 으쓱이며 말했다.

"당신 뭔가 착각하고 있는 거 같은데. 설마 우리 세 명이 이 허약한 허수아비들과 같다고 생각하는 건 아니겠지."

"……자네 눈에는 차지 않겠지만, 이들도 모두 국왕폐하께 전사의 인가를 받은 용장들이야."

"용장은 얼어죽을. 울쓰락 하나 어쩌지도 못한 잡졸들이."

나는 다섯 장수를 노골적으로 비웃었다. 내가 먹은 욕에 대한 되갚음이었다.

"크윽…!"

그들은 분한 듯 입술을 깨물었으나, 차마 내게 대거리를 하진 못했다. 가신들도 아까보다는 훨씬 조용해졌다.

나는 그들이 몇 년간이나 쩔쩔맸던 울쓰락을 쓰러뜨린 것도 모자라, 그의 몸을 빌려 강림한 악신마저 처단했다. 그들의 입장에서는 상상에서조차 입에 담을 수 없는 전공이었다. 내 조롱은 그 사실을 환기시켜주려는 의도였다.

아마 나를 직접 보기까지는 선뜻 믿지 못했을 것이다. 그렇게 엄청난 놈이 있을 수 있는가 하는. 하지만 이젠 알았겠지. 최소한 이 테나단이 눈 위에 사람을 두지 않는다는 건 깨달았을 것이다.

벨렘의 안색이 약간 굳어졌다.

"무의미한 도발은 서로 삼가도록 하지. 이곳은 회담을 위한 장소이고, 우리는 아직 전쟁중이 아니잖나."

"도발을 먼저 한 건 당신 아니었어? 사람을 이런 곳까지 불러놓고 좋은 말을 기대하면 안 되지."

"그건 사정이…."

"아마 사소한 엇갈림이 있었을 거야. 내가 악신을 쓰러뜨렸다는 보고를 먼저 들었더라면, 지금쯤 당신이 니바로 와서 머리를 조아리고 있지 않았을까."

"무례한!"

누군가가 내게 호통을 쳤다. 장내의 분위기가 걷잡을 수 없이 나빠졌다. 벨렘의 장수들은 무장들만 있는 게 아니었다. 마법사, 정령술사들이 일제히 감각을 끌어올렸다. 그러나 내가 나설 것도 없었다.

"흐읍!"

불칸이 어깨에 멘 철추를 바닥에 내리찍었다. 내 몸통만한 쇠뭉치가 대리석을 깨부수며 땅을 절반이나 파고 들어갔다. 홀의 바닥이 흔들리는 걸 모두가 느낄 수 있을 만큼 무식한 일격이었다.

베로니카는 내 앞으로 나서며 손바닥을 슬쩍 펼쳤다. 엄청난 마력이 소용돌이를 치며 그녀의 손에 집중되었다. 적 마법사와 정령술사들이 위축되는 게 보기에 딱할 지경이었다.

"그만."

나는 손을 들어 불칸과 베로니카를 제지시켰다.

"허……."

적들의 안색이 좋지 않았다. 말이야 쉽게 하지, 사도급 전투력을 가진 자와 마주치는 건 처음일 것이다. 전장에서 만났더라면 진작 시체가 되었을 테니까.

그러나 나도 쫄리기는 마찬가지였다. 벨렘의 휘하에는 영웅급 무장들이 스무 명도 넘었다. 작정하고 싸움이 벌어진다면 목을 내줄 각오를 해야 했다.

그러니까 이건 한스식 작전인거다. 사람들은 내가 쉐브릴을 쓰러뜨렸다는 것만 알지, 그녀의 힘이 본신지력의 이십분의 일도 안됐다는 건 모르고 있었다. 나는 내가 진짜로 신과 버금가는 놈인 척 연기를 하는 셈이다.

"이런, 이래서는 회담이 되지 않잖습니까."

침착한 목소리가 달아오른 분위기를 누그러뜨렸다. 뿔테안경을 낀 갈색 머리의 청년이 젠채하며 앞으로 나섰다.

'밀프.'

나올 놈이 나왔구만.

왕당파의 장수들이 모두 쭉정이는 아니었다. 저 자야말로 명실공부한 왕당파의 에이스다.

밀프는 칸나에서 둘째가라면 서러운 천재 지략가였다. 라울보다도 한 단계 윗줄이었다. 라울이 미래가 기대되는 루키라면, 그는 오 년도 전에 대현자 소리를 듣고 있었다. 나는 간밤에 체크했던 그의 설정을 상기해보았다.

– 밀프

성은 없다, 본래의 이름도 알려져 있지 않다. 그는 다섯 살 때 어른이 말하고 사고하는 방식을 이해했으며, 자신의 미래를 위해 무엇을 해야할지 깨달았다. 그가 벨렘 로젠트의 시동이 된 건 아홉 살 때였다.

벨렘은 보수적인 귀족이었으나, 밀프의 재능은 그의 완고함을 누그러뜨릴 만큼 대단했다. 벨렘은 밀프의 학업을 위해 모든 지원을 아끼지 않았다. 밀프는 그 기대에 적극적으로 부응했다. 그는 일 년 만에 벨렘이 붙여준 스승들을 넘어섰고, 열다섯 살엔 왕당파의 책사가 되었다.

그가 책사가 되던 해 칸나는 군주를 자처하는 반역도들로 인해 몸살을 앓고 있었다. 그는 충성스런 영주들을 규합하여 지금의 사자(四者)대결 구도를 정립했다.

전용기 : 없음

처치시 획득하는 점수 : 250

밀프는 이른바 판타지 버전의 제갈공명이다. 제갈공명이 남동풍을 부른 건 나관중의 창작이었으나, 이 밀프는 진짜로 마법을 쓸 줄 안다는 정도가 차이점이겠다.

이런 걸출한 인재를 두고도 왕당파가 칸나에서 기를 못

펴는 이유는 여러 가지였다. 특출한 무력형 장수가 없다거나 영주들끼리 제살 깎아먹기에 바쁜 것도 문제였다. 그러나 가장 큰 이유는 밀프 자신에게 있었다.

그는 세상을 바꿀 생각이 없었다. 그는 영혼의 뿌리 끝까지 쾌락주의자였다. 술을 마시고 담배를 피며 가능한 한 많은 여자를 건드리는 것. 그게 그가 살아가는 이유였다. 미녀와의 위스키 파티를 위해서라면 작전회의도 빼먹을 인간이다.

"우리가 당신의 소문을 늦게 접수한 건 사실입니다. 그건 인정합니다. 우린 당신의 능력을 과소평가하고 있었지요. 하지만 당신도 우리를 너무 높게 보신 것 같습니다. 여기까지 친히 와주신 걸 보면."

할 말 없게 만드는군.

그래, 내게 진짜로 신에 대적할 힘이 있었으면 액슬린까지 오란 요구는 뻥 걷어 차줬겠지.

둘러대자면 둘러댈 수는 있다. 자신이 있으니까 당당히 찾아온 거라고.

"자자, 거기까지 하세. 아직 안건은 나오지도 않았는데 너무 얼굴들 붉히는구만."

벨렘은 대기하고 있던 시종들에게 신호를 보냈다. 시종들은 롱테이블과 의자, 그리고 찻잔을 날라왔다. 얼마 지나지 않아 홀의 가운데에 임시 회담장이 차려졌다. 의자는 여러 개였으나 앉는 건 나와 벨렘만이었다. 가신들은 그들의 주군을 위해 시립했다.

벨렘은 김이 모락모락 나는 차에 가볍게 입을 대었다. 외모가 받쳐 주다보니 별 거 아닌 동작에도 격조가 묻어나오는 것 같았다. 나는 그걸 바라보며 내 주특기인 뜨거운 차 원샷하기를 보여주었다.

"허허…."

"쯧, 야만스럽군."

위장이 화끈거리는구나. 베로니카맛 휘핑크림을 얹은 것 같아.

"티타임은 이쯤하고, 안건이라는 걸 보여줘 봐. 서로 갈 길 바쁜 사람들이잖아."

"그러지."

벨렘은 차를 물리며 내게 시선을 고정했다.

"자네는 약 십여일 전, 내 조카가 통치하던 도시를 빼앗았었지."

"그래. 그걸 통치라고 부를 수 있는지는 의문이지만."

"그 아이는 아직 살아있는가?"

나는 카엔 로젠트의 반반했던 면상을 떠올렸다. 메인 홀에서 싸웠을 때 잠깐 말고는 녀석을 본 적이 없었다.

아마 살아는 있을 것이다. 하지만 그 이쁘장한 얼굴이 아직도 무사할 것 같진 않았다. 인권의 개념이 희박한 세상이었다. 멀쩡한 사람을 상대로도 그럴진대, 수감자의 권리가 지켜질 턱이 만무했다.

"숨은 붙어 있어."

"다른 귀족들은 어찌되었나?"

"걔들은 거의 다 죽었을걸."

"악마의 자식 같으니!"

벨렘의 가신들이 분통을 터뜨렸다. 분위기가 또 어수선해지려 하고 있었다. 로젠트 가문만 니바에 혈족을 둔 게 아니었다. 이곳의 많은 귀족들이 니바에 연고자를 두고 있었다. 한 다리만 건너면 죄다 친척이고 친구인 게 좁디좁은 귀족사회였다.

나는 그들을 향해 상큼발랄하게 웃어주었다.

"왜, 불만 있냐?"

그리고 그들이 폭발하기 직전에 덧붙였다.

"그러니까 평소에 잘했어야지."

"뭐라?"

"내가 내린 명령은 이거 하나였어. 사람을 재미삼아 죽여 온 놈들을 모두 교수대로 보내라고. 그러니까 억울할 것 없다. 너희들이 아쉬워하는 놈들은 생전에 훨씬 많은 부모와 형제들을 아쉽게 만들었을 테니."

"그건 궤변이다!"

늙수구레한 영주가 내게 삿대질했다.

"어째서?"

"너는 꼭 귀족과 천민의 목숨이 동등하기라도 한 것처럼 말하고 있지 않느냐."

"그게 동등 안 한 거였어?"

"그걸 말이라고 하느냐?"

"어째서냐고 묻고 싶네."

"바로 너 같은 놈들 때문이다. 말만 한다 뿐이지 짐승과 차이점이 없는 놈들. 네놈들은 잔인하고 무식하며, 새끼를 낳아 번식하는 것 말고는 할 줄 아는 게 없지. 우리는 왕국의 질서를 수호하기 위해 네놈들을 다스릴 의무가 있다. 테마르는 우리들이 만든 질서 위에서 유구한 역사를 쌓아왔다!"

"옳소!"

늙은 영주의 연설에 귀족들이 대거 호응했다.

"나는 너희들의 고리타분한 계급론이나 듣자고 삼일이나 발품을 판 게 아냐."

나는 그에게 일침을 날리다가, 신경질적으로 머리를 헤집었다.

"확실히 그렇긴 한데, 한 마디는 해줘야겠다. 내가 여기서 입 닫으면 너희 멍청한 놈들이 정말로 그게 옳다고 생각할까봐. 간단하게, 그리고 알기 쉽게 말해주마. 인간은 원래 평등해. 계급은 승자와 패자가 나뉘고부터 생겨나지. 너희들은 역사의 승자였으니까 질서 운운할 수도 있었던 거야. 그러니까 개소리는 집어치우고 현실을 직시해봐. 아직도 너희들이 승자인지 가슴에 손을 얹고 생각해보라고. 최소한 니바의 귀족들은 패자였어. 내 마지막 기억에 의하면.”

“…….”

귀족들은 입을 다물었다. 속이 통쾌해지는 장면이었다.

“인상 깊은 주장이시군요.”

이번에도 밀프가 나섰다.

“테나단님의 말씀대로입니다. 우리는 승자가 되기 위해 더 노력을 해야 할 필요가 있습니다. 그간 칸나 주의 상황이 체면을 세우기엔 여의치 않았죠.”

“칫….”

“주군, 제가 이 회담을 진행해도 되겠습니까?”

아니.

“네게 맡기겠다.”

“감사합니다.”

밀프는 벨렘에게 허리를 깊이 숙이고, 나를 향해 눈을 반짝였다. 무척 부담스런 시선이었다. 라울도 어쩌지 못하는 내가 밀프를 감당할 수 있을까.

“저는 테나단님의 시간을 뺏고 싶은 마음이 없습니다. 본론으로 들어가도록 하죠.”

"바라던 바야."

"우리의 조건은 이렇습니다. 카엔 로젠트님을 즉시 풀어주십시오. 그리고 그분께 니바의 통치권을 돌려주십시오. 또한 희생된 귀족들의 가문에 배상금을 지불할 것을 요구합니다."

"와우."

나는 감탄했다. 조건이 날도둑놈 같은 게 라울이 말했던 것과 정확히 일치하는군.

"그래서 내가 얻는 건?"

"그러면 알테온과 울토르를 칸나에서 완전히 축출할 때까지 양군은 한시적으로 불가침조약에 들어갑니다."

"그게 다인가?"

"그게 다입니다."

"만약 거절한다면?"

"거절할 경우에는 전쟁뿐입니다. 울쓰락이 죽은 덕에 우리는 상당한 잉여전력이 생겼습니다. 우리 군은 다음 전쟁을 할 대상을 물색중입니다. 부디 현명한 판단을 내리시길, 신살자여."

이젠 대놓고 협박하는군. 게다가 은근한 조롱까지.

나를 두려워하지 않는 건 그의 지능이 너무 뛰어나서인가, 아니면 그가 드림워커여서인가.

배팅을 하자면 전자다. 그는 내 능력이 꽤 인간적이라

고 확신을 하는 것 같다. 니바에서는 수천 명이 보는 가운데 기절을 한 적도 있었으니까.

젠장, 이건 조금 곤란한데. 내 우선목표는 시간을 끄는 거잖아? 본론이 바로 나와버리면 시간을 끌래야 끌 수 없지 않나.

"후후."

일단 웃는다. 승부사답게.

"판단할 것도 없어. 카엔을 풀어주는 것 외에는 모두 들어줄 수 없는 조건들이니까. 행운을 빌어보자고."

"그렇습니까. 저도 무운을 빌어드리겠습니다."

"그런데 너희들 소식통이 어째 좀 늦는 거 같다. 멀쩡한 울쓰락보고 죽었다니, 걔가 들으면 무지 섭섭해하겠어."

"그게 무슨…."

밀프가 뭐라고 대답하기도 전이었다. 아까의 늙은 영주가 대뜸 끼어들었다.

"울쓰락이 안 죽었다고? 그게 무슨 말인가?"

벨렘의 가신들이 오합지졸이라는 데에는 이유가 있다. 이것 봐라. 주군이란 사람도 입을 닫고 있는데 끼어드는 꼬락서니를. 이게 잘나신 혈통의 힘이라는 거겠지.

"엄밀히 말하자면 한번 죽긴 했지. 이제는 영체로만 존재하지만, 어쨌거나 여전히 팔팔하게 돌아다닌다는 게 중요하지 않겠어."

"설마 울쓰락이 리치가 됐다는 건가…."

마법사들은 내가 하려는 말을 눈치 챈 것 같았다. 나는 그들의 반응에서 돌파구를 찾아낼 수 있었다. 이곳에는 나에 대한 최신소식이 업데이트되어있지 않았다. 당연하다면 당연한 이야기였다. 알테온과의 전투가 끝난 게 사일 전이다. 내가 말 타고 여기까지 오는 데 삼일 걸렸고.

"뭐야, 모르고 있던 거야? 이거 꽤 된 이야기인데."

"밀프."

벨렘이 질책하듯 그의 책사를 불렀다.

"저도 처음 듣는 정보입니다. 사실관계를 파악해 보겠습니다."

"그래, 열심히 파악해 봐. 그동안 나는 이 회담을 건전한 방향으로 이끌어갈 테니."

나는 밀프의 면전에다 대놓고 낄낄댔다. 현대전은 정보전이라고들 하지. 너희에게 십만 대군이 있다면, 내게는 약간의 뻥을 곁들인 정보가 있다.

"울쓰락은 리치가 돼서 예전보다 훨씬 강해졌지. 아주 무시무시하다고. 고래로부터 사령술사를 완벽하게 만드는 건 리치의 비술이라는 말도 있으니까. 자, 그러면 여기서 질문 나간다. 대체 누가 죽었던 쉐브릴의 사도를 되살려낸 걸까?"

"……."

모두 조개처럼 입을 다물었다. 칸나 주에서 리치의 비술을 행할 정도로 명성있는 사령술사는 울쓰락 말고는 아무도 없었다.

그러나 알지 못한다 뿐이지, 상상하는 건 자유였다. 그들은 이 상황에서 가능한 최악의 경우를 떠올리고 있었다. 표정만 봐도 알 수 있었다.

"설마……."

"그 설마가 종종 사람을 잡지."

"당신이?"

밀프의 안색이 좋지 않았다. 나는 그를 위해 손가락을 튕겨주었다.

"정답."

"그럴 리가…… 당신은 마법을 쓰지 못할 텐데요."

"네 첩보원이 그렇게 말해주던가?"

나는 그의 갈색 눈을 들여다보며 추궁하듯 물었다.

"그자가 내가 신을 죽일 수 있을 거라고도 말해주던?"

"……."

밀프는 번민하고 있었다. 똑똑한 사람일수록 세상 편히 못산다고 하지.

여기까지 운을 띄워줬으면 그 다음부터는 말을 할 필요도 없었다. 그는 지나치게 똑똑한 사람이었다. 나 같은 일반인은 생각조차 할 수 없는 다양한 가정들이 머릿속에서

지지고 볶고 있을 것이다.

그중 으뜸은 단연 이게 아닐까. '이 자식이 정말로 엄청나게 강하면 어떡하지?'

지략은 무력보다 우수한 힘이었다. 그건 역사가 증명했다. 일개인의 무력으로 전장을 바꿔놓는다는 건 소설속에서나 가능한 일이다.

그러나 내 세계에선 그게 거꾸로였다. 백 가지 책략이 무소용인 게 압도적인 무력이었다.

밀프는 내 힘의 견적을 뽑아보고 이 회담을 추진했을 것이다. 헐렁하게 산다고 해서 일까지 대충할 사람은 아니었다. 그렇게 확신했던 것이 뒤집히고 있으니, 그로서는 고민이 될 수밖에 없었다.

"조용하네."

"예. 정보가 미진했던 부분이 있었습니다. 그래서 검토를…."

"그렇군. 그럼 검토는 알아서 잘 하도록 하고, 우선 내 요구사항을 전달하겠어."

이건 두 번째 결정타였다.

"……당신이 요구를 하겠단 말인가?"

기대했던 반응이 나오는 중이었다. 밀프뿐만 아니라 귀족들, 심지어 벨렘까지 크게 동요하는 모습이었다. 요구를 당하러 온 놈이 역으로 요구를 하다니, 도둑놈한테 뺨

맞는 기분이 아닐까.

“그래. 회담이잖아. 회담의 뜻 정도는 알고 있겠지?”

“그렇긴 하다만….”

“내 조건은 간단해. 마로자를 내놔.”

마로자는 첫 번째로 묵었던 도시다. 아레이 때문에 요상한 꿈을 꿨던 곳. 호수 위에 지어진 관광도시라는 설정이었는데, 오면서는 마음의 여유가 없어 제대로 둘러보질 못했다. 내 상상보다 더 멋진 곳이었다는 것만 확인했었지.

“마로자를 달라고? 그건 너무 무리한 요구가 아닌가?”

“물론 맨입에 달라고는 안 하지. 대신 나는 당신의 조카와 살아남은 귀족들을 전원 석방하고, 알테온과 울토르를 칸나에서 완전히 축출할 때까지 당신을 공격하지 않도록 하지.”

오만함의 극치를 달리는 발언이었다. 나는 이로서 한스 코스프레의 정점을 찍었다. 불과 삼일 사이의 정보가 나를 슈퍼맨으로 만들어주고 있었다.

회담장엔 정적만이 흘렀다. 홀은 서른 명에 가까운 사람들이 모여 있다고는 믿을 수 없을 만큼 조용했다.

“괜찮으시다면 잠시 휴정을 하도록 하는 건 어떨까요.”

긴 침묵 끝에 밀프가 제의를 해왔다.

"언제까지?"

"잠깐이면 됩니다. 준비가 되는 대로 연락을 드리겠습니다."

"머무는 데 불편함이 없도록 하겠소."

"그러지 뭐."

나는 흔쾌히 승낙했다. 시간을 허비해 주는 거야말로 내가 바라던 바다. 게다가 그게 시간을 가진다고 해서 답이 나올 문제도 아닐걸.

나와 베로니카, 불칸은 홀에 딸린 응접실로 안내되었다. 귀빈을 맞이하기 위해 특별히 구비된 장소라 다른 곳과는 화려함이 남달랐다. 무엇보다 여긴 꽃병이 꽃병답다는 게 반가웠다.

"읏샤."

나는 소파에 길게 기대어 앉았다.

"어라?"

통가죽이 무지 푹신했다. 너무 아늑해서 엉덩이가 아공간으로 사라지는 느낌이었다. 나는 소파의 팔걸이를 툭툭 치며 베로니카를 불렀다.

"베로니카, 여기 와 봐. 되게 푹신하다 이거."

"테나단."

베로니카는 나를 복잡미묘한 시선으로 바라보았다.

"응? 왜?"

"너 멋지더라."

"아하하…."

그녀의 칭찬을 들으니 낯이 뜨거워지는 것 같았다.

"특히 그 귀족에게 한방 먹여줄 때가 좋았다. 그 사람 말하는 게 기분 나빴어."

그래, 그 신분 이야기. 그녀에겐 남 얘기가 아니지.

"저도 동감합니다."

불칸은 내 맞은편 소파에 자리를 잡았다. 그의 체중을 받아낸 소파는 비명을 지르듯 삐걱이는 소리를 냈다.

"알테온과 싸워 승전했을 때 드렸어야 하는 말씀입니다만, 주군을 만난 게 제 일생일대의 행운입니다."

묵직한 무게감이 느껴지는 어조였다. 그는 결코 허언을 하지 않았다. 워낙 사람이 내실이 있다보니 저 대머리조차 폼 나게 보이는 듯했다.

"말들은 고마운데, 너무 띄워주진 마. 축배는 바라스로 돌아간 후에나 들자고."

베로니카는 내 옆에 다가와 다소곳이 앉았다.

"널 믿긴 하지만, 구경하는 입장에선 마음이 놓이질 않는다. 아까 네가 전쟁을 하자는 식으로 말했을 때도 조마조마했어."

"그건 그랬습니다. 아군에겐 여력이 없으니까요."

"걱정 마, 다 계산 안이니까."

실은 나도 그 대목에서는 쫄긴 했다. 나는 몇 가지 우위 덕에 배짱을 부릴 수 있었다. 첫째가 정보의 우위요, 둘째는 드림워커의 존재였다.

왕당파는 드림워커로 인해 극심한 진통을 겪고 있었다. 가도에 시체들을 늘어놓을 정도면 말 다한 거겠지.

드림워커의 진정한 무서움은 놈의 정체를 모른다는 점이었다. 드러난 적보다 내부의 적이 더 무섭다는 게 고금의 진리 아니더냐. 라울도 예측하지 못한 이 뜻밖의 변수가 십만 대군에 버금가는 우군이었다.

나는 소파에서 뒹굴거리며 무료하게 시간을 보냈다. 바깥은 토론이 과열되는지 고성이 오고가기도 했다.

"테나단님."

두 시간쯤 지났을 때였다. 방문을 열고 시종이 들어왔다.

"끝났대?"

"예, 들어오시랍니다."

우리는 다시 테이블에 착석했다. 몇몇 영주가 보이지 않았다. 싸우다가 나가버리기라도 한 듯했다.

"기다리시게 해서 죄송합니다."

모두를 대표하여 밀프가 사과를 보냈다.

"괜찮아. 뚝딱 결정할 만큼 쉬운 일은 아니니까."

"이해해주셔서 감사합니다."

"그래서 결론은 나왔어?"

"결론은 이제 테나단님과 조율을 해서 내야겠지요. 우리의 입장을 정리할 수는 있었습니다. 아시다시피 우리는 여러 영주님들의 협조로 결성된 연맹체입니다. 때문에 도시를 내어달라는 테나단님의 요구는 받아들일 수 없습니다. 마로자는 많은 가문들이 뿌리를 내린 유서 깊은 도시입니다. 일부의 독단으로 그런 땅을 내어준다면, 연맹의 의의를 근본부터 부정하는 일이 됩니다."

화를 내고 박차고 나간 게 누군지 알만하군. 마로자의 영주가 여기 와있었구나.

"마찬가지야. 니바 사람들은 내 통치에 만족하고 있어. 그들의 기대를 배신할 수는 없는 노릇이지."

"그러면 방법은 두 가지겠군요."

"어떤?"

"싸워보던가, 아니면 각자 조건에서 도시를 빼던가."

"내 조건은 도시를 빼면 남는 게 없는데."

"그 부분은 조율을 해보면 될 겁니다."

"그렇단 말이지."

밀프는 전쟁을 바라지 않는 눈치였다. 조율이란 말을 입에 올림으로서 자백한 거나 마찬가지였다.

역시 이렇게 되고 마는군.

마로자의 영주가 난동을 피운 탓도 있겠으나, 이 태도

변화는 밀프 자신부터 수긍을 했기에 나오는 것이다. 계산 밖의 변수가 속출하자 그는 거북이처럼 움츠러들고 말았다. 이래서 이런 말이 있는 거겠지. 멘탈도 재능의 일부라고.

"흐음……."

나는 이마를 짚으며 고심하는 척을 했다.

"생각을 해봤는데."

"예."

"미안하지만 마로자는 포기할 수 없어."

나는 이 보신주의자를 더 몰아붙여야겠다. 거북목을 등껍질 속까지 박아 넣어 버리는 거다. 아예 밖을 쳐다볼 수도 없게.

"그건…."

"자네는 전쟁을 하고 싶어서 안달이 난 사람같군."

보다 못한 벨렘이 한 마디를 했다.

"속단하진 마. 당신 책사가 조율을 해보라잖아."

"어떤 조건을 내걸더라도 도시를 넘겨달라는 말은 받아들일 수 없다."

"확신해?"

"예."

밀프가 이어서 대답했다.

"떠보지 마십시오. 이건 진심입니다. 도시가 조건이 될 경우 우리는 군을 움직이겠습니다. 우리에겐 일전을 치를 충분한 장수와 병력이 있습니다. 테나단님이 제 예측 범주를 벗어난 건 사실이나, 길고 짧은 건 대봐야 알 수 있겠지요."

"그렇다면 이건 어때?"

나는 벨렘을 향해 웃어주었다.

"드림워커."

"그 이름을 어째서 자네가…."

"어째서라니. 그 난리를 쳐놨는데 모르는 게 더 이상하지."

"크흠."

벨렘은 심기가 불편한 듯 미간을 찌푸렸다. 드림워커란 말만 들어도 조건반사가 나오는 것 같았다.

"드림워커가 어떻게 조건이 될 수 있다는 건가?"

"내게는 제법 믿을 만한 정보원이 있어. 그가 최근 그러더군. 당신의 가신들 중 한 명이 드림워커인 것 같다고."

"그 무슨 말도 안 되는!"

"집어치워!"

당장 반발이 나왔다. 늙은 영주들이 얼굴까지 시뻘개져 가지곤 소리쳤다.

"벨렘, 이런 뻔히 보이는 수작에 넘어갈 텐가!"

"……."

벨렘은 말을 아꼈다. 답답할 거다. 그는 나에 대해 아는 게 없고, 나는 그쪽의 약점을 훤히 꿰뚫고 있으니까.

"아, 이 방법은 생각지도 못했군요."

밀프는 감탄하듯 말했다.

"회담이 끝나면 제 정보원부터 해고해야겠습니다. 그는 당신의 부하만큼 믿을 만한 자가 아니었던 것 같습니다."

"그거 칭찬이지?"

"예. 칭찬입니다. 마법을 쓰는 것도 모자라 이젠 능숙하게 협잡도 하시는군요."

"협잡이라니, 섭섭한걸. 나는 아직 조건을 말하지도 않았다고."

"들어는 보죠."

"가신 중 한 명이 드림워커인 것 같다고 했지, 드림워커라고는 안 했어. 분명한 건 현재로서는 가능성뿐이라는 거지. 하지만 상대는 소로스야. 가능성만으로도 주의를 기울일 이유는 충분해."

"구체적으로 어떤 도움을 주실 수 있습니까?"

"마로자를 넘긴다면, 드림워커를 잡아주겠어."

이번에는 다른 의미로 소란이 있었다. 사람들은 너무나 엄청난 이야기가 오가는 탓에 흐름조차 따라오지 못하고 있는 것 같았다.

밀프는 가만히 서서 눈만 날카롭게 빛냈다. 그는 내 무게와 드림워커의 무게를 저울질해보는 중인 듯했다.

"그게 가능한 건가?"

벨렘이 물었다. 그는 이 질문 하나를 짜내기 위해 갑자기 오 년은 늙어버린 것만 같았다. 말로 표현을 못했다 뿐이지, 그동안 마음고생이 이만저만이 아니었을 것이다. 그럴 만도 했다. 길몽이라는 것도 기분이 그렇게 나빴는데, 그에게 들러붙어 있는 건 무려 흉몽의 사도가 아니던가.

"내가 누구인지 잊었어? 난 신살자야. 열쇠는 열쇠장이에게, 집은 목수에게 맡겨야 하는 법. 칸나에서 나만큼 신의 족속들을 잘 아는 사람은 없어. 마침 여기로 오면서도 칼트의 아바타 하나를 처리했었거든."

"칼트의 아바타…!"

"칼트와도 싸웠다는 말입니까?"

이 질문은 벨렘도 밀프도 아닌, 나를 막아섰던 무장들에게서 나왔다. 그들이 나를 보는 눈빛이 바뀌어 있었다. 개넌이 그랬었다. 전사는 강한 군주를 동경한다고.

"그래. 쉽지는 않았지. 굉장한 전투였어. 도망가는 알테온의 뒤통수를 바라보는 재미도 쏠쏠했고."

"허……."

무장들은 그저 입만 벌렸다. 밀프가 보신적인 행보만 밟아오는 탓에, 벨렘 휘하의 젊은 무장들은 불만이 많았다. 그들에게 나는 그들의 꿈을 이뤄낸 존재처럼 비칠 것이다.

부하들의 태도가 마음에 들지 않았는지 벨렘이 언성을 높였다.

"설령 자네가 드림워커를 상대할 힘이 있다고 해도, 그의 정체를 알지 못한다면 그게 다 무슨 소용인가? 도움을 구실삼아 우리를 들쑤시려는 의도라면 어림없네."

"내겐 특별한 능력이 있어. 거짓말을 꿰뚫어보는 권능이지. 이게 특히 사도라는 것들에게 잘 통하거든."

"사실이다."

언제나처럼 베로니카가 한 마디 거들었다.

"당신도 신의 사도였군요."

밀프가 말했다. 나르바하에서 권능이란 단어를 입에 담을 수 있는 건 오직 신의 종들뿐이었다.

"그래. 누굴 모시느냐고 묻지는 마. 어차피 말해도 모를 테니까. 하여간 내 힘이 이런 상황에서 무척 쓸모가 많아. 내가 모시는 분은 거짓말쟁이를 굉장히 싫어하시거든. 그래서 난 아주 간단한 테스트만으로도 거짓말을 분별할 수 있는 능력을 받았지."

"벨렘, 저 망발을 계속 들어줄 거요?"

"우리 문제는 우리끼리 해결할 일이오, 이런 반역자의 손을 빌릴 게 아니라!"

영주들은 날 산채로 잡아먹을 기세였다. 그들의 입장이 이해가 가긴 했다. 조직의 내사를 외부인에게 맡길 순 없다는 거지. 범인을 잡아내고 말고가 문제가 아니라, 구성원끼리의 결속이 무너질 수도 있었다.

"한심한 놈들…."

나는 공세의 수위를 높이기로 했다.

"머리는 투구걸이로 달고 다니냐? 뇌가 있다면 경각심을 좀 가져라. 상대는 소로스야. 꿈의 사도가 하고 많은 땅을 두고 너희들 구역에 나타났다는 게 무슨 뜻이겠냐."

"어차피 사도인 건 너도 마찬가지 아닌가? 드림워커나 너나 우리에겐 싸워야할 적에 불과하다. 이미 들어와 있는 적을 두고 다른 적을 불러들일 수는 없다!"

계급론을 설파했던 늙은 영주가 또 끼어들었다. 호응도 좋았다. 영주들 사이에서 지지도가 꽤 높은 인물 같았다. 나는 그에게 물었다.

"당신 이름이 뭐지?"

"그게 중요한가?"

"이름도 모르고 대화를 나눌 순 없잖아."

"……."

그는 대답 없이 이마에 주름만 좁혔다. 나 따위에게 이름을 말해줘야 하느냐는 듯한 태도였다. 벨렘이 그를 대신하여 대답해주었다.

"월터 프리먼님이다. 내 고문을 맡아주고 계시지."

"아하, 월터씨였군."

미드에서 추출해낸 듯한 성의없는 이름을 보아하니 내가 만든 캐릭터가 확실하구만.

그는 오합지졸이란 왕당파의 컨셉을 굳히기 위해 만든 자였다. 1인자인 벨렘도 함부로 할 수 없는 고귀한 혈통. 꽉 막힌 사고방식. 그런 뼈대를 정해뒀던 것 같다.

"월터, 당신이 착각하는 게 하나 있어. 당신은 마치 당신들한테 선택권이라도 있다는 듯이 말을 하고 있거든. 보이는 적과 보이지 않는 적을 고를 수 있는 선택권. 하지만 실상은 그렇지 않아. 당신들은 이미 벼랑 끝에 내몰린 상태라고. 이걸 빨리 깨달아야 할 텐데. 안 그래, 밀프?"

나는 타겟을 밀프로 바꾸었다. 밀프는 긍정도 부정도 하지 않았다. 다만 영주들과 시선을 마주치지 않고 있을 따름이었다.

"넌 처음부터 모든 걸 알고 있었을 거야. 단지 말을 할 수 없었을 뿐. 영주들이 진실을 알게 되면 이 허약한 연합이 무너지는 건 순식간일 테니까."

"그게 무슨 뜻이냐?"

"정말로 알고 싶어?"

월터는 선뜻 답하지 못했다.

그래, 여기 사람들이 진짜로 멍청한 건 아니다. 다들 어렴풋이나마 짐작은 하고 있었을 것이다. 그러니 난 그들의 마음 속 불안을 쿡 찔러주기만 하면 된다.

"드림워커를 잡겠답시고 여기 많은 영주들이 강경책을 쓰고 있는 걸로 알아. 오면서 말뚝에 못이 박힌 시체들을 많이 봤는데, 그거 상당히 좋지 않은 대응이야. 소로스 신앙은 역병과도 같아. 탄압하면 탄압할수록, 잡아내면 잡아낼수록 늘어만 가지."

"그 정도는…… 알고 있다."

"그럼 왜 그런지도 알고 있어?"

"당연한 거 아닌가? 우리의 인지 밖에서 드림워커가 활동하고 있기 때문이다."

"쯧."

월터의 얼굴이 뻣뻣하게 굳었다.

"귓구멍 열고 잘 들어. 두 번은 말 안 해주니까. 소로스는 꿈을 이루어주는 자야. 그들의 꿈이란 처음엔 단순했을 테지. 멋지고 예쁜 배우자를 얻고 싶다거나, 떼부자가 되고 싶다거나. 시작은 다들 그렇거든. 그런데 그게 서서히 변질이 되어가. 너희들의 뇌 없는 탄압 때문에 신도들의 꿈도 점점 지옥으로 바뀌어 가고 있어. 알겠냐, 멍청이들아? 너희들은 그들을 죽이면서 동시에 원한도 사고 있는 거야. 꿈의 게스트는 바로 너희들이야. 너희들은 지금 이 순간에도 그들의 꿈속에서 수천 번씩 못 박히고 있다고."

"……."

월터의 안색이 퍼렇게 질렸다. 다른 영주들도 사정은 비슷했다. 이제야 말귀를 알아들으려는 모양이었다.

"이 악순환을 끝내는 방법은 두 가지 뿐이야. 병사를 포함한 영지민 전원을 말뚝에 박아버리던가, 악에 받친 염원이 이뤄져 너희들 모두 지옥구덩이로 끌려들어가던가. 뭐, 첫 번째 방법은 내가 말 안 해도 잘 하고 있더라. 계속 죽이고 죽이다보면, 꿈이 실현되기 전에 아예 몰살을 시켜버릴 수도 있겠지."

나는 비웃음을 가득 담아 그들을 힐난했다. 영지민을 발톱의 때로 여기는 그들조차, 자기 백성들을 다 죽이라는 게 말도 안 되는 소리란 것 정도는 알고 있을 테니까.

"그런데 말이다. 첫 번째 방법에도 허점은 있다는 거지."

"허점이라고?"

"만약 영지민을 싸그리 다 죽여도 소로스가 멈추지 않

는다면, 그때는 누굴 죽일래?"

"……."

무거운 침묵이 회담장을 짓눌렀다.

내가 공갈을 자주 치긴 하지만, 지금의 말에는 조금의 과장도 없었다. 꼭 살이 문드러지고 썩어가야만 역병인 게 아니다. 소로스는 정신적인 역병이었다.

빨리 근원을 색출해내지 못한다면 결국에는 다 잡아먹힌다. 역사적으로도 그런 사태가 몇 번 있었다. 겁을 먹어 학살명령을 내린 지도자, 집단광기에 휘말린 도시. 비극의 최종장은 생존자들의 꿈에 소로스가 강림함으로서 막을 내린다.

인간의 정신은 슬프게도 긍정적인 자극보다 부정적인 자극에 더 이끌렸다. 승리하는 건 언제나 흉몽이었다. 길몽의 사도인 아레이가 내 가신들만도 못하게 허접한 데에는 그런 이유도 있을 것 같다.

"인정은 합니다."

밀프가 입을 열었다.

"현 상황이 썩 좋지만은 않습니다."

"뭐라, 좋지만은 않다고?"

월터는 수염을 떨며 노기를 터뜨렸다.

"이 자의 말이 맞았구나. 너는 다 알면서도 함구를 해온 게로군!"

"말씀만 드리지 않았을 뿐이지, 손을 놓았던 건 아닙니다. 소로스교의 활동이 감지된 후로부터 제 정보원들이 각지에서 힘을 쓰고 있었습니다."

"나는 왜 말을 하지 않았느냐를 묻고 있다!"

"……."

밀프는 조개처럼 입을 다물었다.

말을 할 수 있었을 리가. 당신 같은 바보들이 진실을 아는 건 아무 도움도 되지 않습니다. 오히려 혼란만 가중시킬 뿐입니다. 이런 말을 어떻게 하겠냐.

"보시오, 대영주. 오냐오냐 해줬더니 천한 것이 이렇게 기어오르고 있지 않소."

월터는 혀를 차며 독설을 쏟아내었다. 밀프가 책사가 될 때 가장 많은 반대를 했던 게 바로 월터였다.

"너무 나무라진 마시오. 성과가 전혀 없었던 건 아니니. 최소한 우리의 상대가 드림워커라는 건 알아냈지 않소."

"이름을 몰라서 이 고생이오?"

이유 있는 푸념이었다. 이게 소로스가 골치 아픈 다른 이유였다. 다른 사교도들은 못 이겨서 무서운 거지, 못 잡아내서 무서운 건 아니었다. 복장, 문신, 성물, 제물의식 등 일단 사도를 섬기기 시작하면 티를 내지 않으려야 안 낼 수가 없었다.

하지만 소로스의 신도들은 티가 나지 않는다. 잠이 좀

늘긴 하겠지. 그러나 그마저도 결정적인 단서는 아니었다.

꿈속에서는 나체에 염소 가면을 쓰고, 닭목을 잘라가며 광란의 춤을 추고 있을지언정 현실에선 우리의 친구고 이웃이라는 것이다.

그러니 어쩌겠어? 잠을 많이 잔다고 해서 다 매달아 버릴 수도 없는 노릇인데.

"이만하면 설명은 된 것 같네. 이대로 드림워커를 방치하면 너희는 망해. 주춧돌 하나 안 남기고 쫄딱 망한 다음에, 잿더미 위에 이런 팻말이 세워지겠지. 한때 여기 한심한 영주들이 살았다. 그들은 충분히 백성들을 구할 수 있었음에도 불구하고, 노블리스트의 제안을 거절하여 멸망을 앞당겼다."

"노블리스트? 그게 자네 별칭인가?"

"그래."

"들어본 적이 없군."

"그래서 말했잖아. 말해도 모를 거라고. 자, 강의는 끝났어. 이젠 선택의 시간이야. 어쩔 거야? 도시 하나 주고 사태를 해결할 수만 있다면 무지 싸게 먹히는 거 같은데."

드림워커가 나까지 노린다는 건 영업에 방해가 되니 감추도록 하자. 어디까지나 나는 봉사를 하러 나온 사람인 거다.

"어떤 방식으로 정체를 감춘 자를 드러나게 한다는 건가? 만약 내 가신이나 영주들을 아랫것 다루듯이 취조하겠다면 승인할 수 없어."

"그렇지 않다면 승인하겠다는 거네?"

"……."

벨렘은 고뇌가 되는지 인상을 찌푸렸다.

"대영주, 신중히 생각하시오."

"대의를 위해서라면…."

재밌는 건 돌변한 영주들의 태도였다. 아까까지만 해도 날 잡아 드시려던 양반들의 태도가 백팔십도로 바뀌었다. 이대로 가다간 자기 목까지 날아가겠다 싶은 거겠지. 내준다는 도시도 제 도시 아니니까 거리낄 게 없었다.

벨렘은 천장을 우러르며 두 손으로 얼굴을 감싸 쥐었다.

"에이녹이시여."

소로스가 독하긴 독하구나. 저 사내의 입에서 신의 이름을 끌어내다니.

"도리가 없군. 선택권이 없다니 어쩌겠나. 마로자를 넘기도록 하지."

"잘 생각했어."

나도 독하긴 만만찮게 독한 것 같다. 협박을 당하러 온 놈이 오히려 삥을 뜯어버리다니 말이다.

밀프가 덧붙여 말했다.

"단, 우리가 납득할 수 있는 방식이어야 하며, 우리가 납득할 수 있는 결과여야 합니다. 둘 중 하나라도 충족이 되지 않는다면 협상은 무효입니다."

"서면으로 작성해줘."

"예."

밀프는 자리에 앉아 일필휘지로 문서를 써내려갔다. 똑같이 두 장 작성된 문서는 벨렘에게 한 장, 내게 한 장이 전달되었다. 벨렘은 다른 영주들을 위해 문서를 낭독해주었다.

"벨렘 로젠트와 테나단은 다음의 사항에 동의하고, 이를 이행할 것을 백팔 신의 이름으로 엄숙히 선서한다. 첫째, 테나단은 돌아오는 서하절(曙昰節) 1일까지 모든 귀족 포로들을 석방한다. 둘째, 벨렘 로젠트와 테나단은 칸나주에서 울토르와 알테온의 세력이 완전히 축출될 때까지 서로를 향한 일체의 도발을 금지한다. 셋째, 테나단이 드림워커를 처단할 경우, 벨렘 로젠트는 그에게 마로자를 양도한다."

문서에는 별도의 세부항목으로 예외조항도 수록되어 있었다. 대부분의 항목은 내가 드림워커를 솎아내는 방식에 관한 조항이었다.

나와 벨렘은 서명을 하고 지장을 찍었다. 마로자의 영주가 없으니 항의할 사람도 없겠다, 조약은 일사천리로 체결되었다.

"이젠 자네의 권능이라는 걸 보여줄 차례로군."

"물론. 이제부터가 진짜라고."

"여기서 보여줄 수 있는 건가?"

"당연히 그래야지. 이중에 한 명이 드림워커일 가능성이 높으니까."

"알겠다. 그럼 부탁하지."

"자자, 여길 봐. 다들 여길 보시라."

나는 박수를 치며 사람들을 주목시켰다. 열 명의 영주와 이십여 영웅들의 시선이 내게로 집중되었다. 호기심 반 두려움 반의 팔딱팔딱 살아있는 눈빛들이었다.

"당신들에게 내가 물을 질문은 딱 한 가지야. 그것에만 대답해주면 돼."

"질문 하나만이라고?"

"그래. 딱 하나. 그거면 놈의 정체가 밝혀진다. 그러니 이제부터 일체의 잡담을 금지하겠어. 말이 많아지는 놈, 시비트는 놈은 구린 구석이 있는 걸로 간주할 거야. 괜한 오해 사고 싶지 않으면 입 다물고들 있으라고."

나는 모든 사람이 볼 수 있도록 느린 동작으로 품에서 책을 한 권 꺼냈다. 아레이한테 압수했던 길몽의 책이었다. 나는 그 책을 앞으로 들어 올리며 말했다.

"너희들 중 누군가는 이게 보이겠지."

나는 사람들의 반응을 유심히 살펴보았다. 서른 명 전원의 표정을 한꺼번에 살펴볼 순 없었으나, 수상한 인원은 없는 것 같았다. 여기까진 예상했었다. 이런 것에도 티를 내는 바보는 아레이 하나면 충분하니까.

그러고 보니 아레이도 이곳에 와있긴 했다. 그는 가신들의 가장 끝줄에서 존재감 없이 자리만 차지하고 있었다. 그는 내가 책을 꺼내들 때부터 불안했는지 근심어린 눈길을 보내는 중이었다.

걱정은 붙들어 매시라. 별 일 없으면 책은 돌려주도록 할 테니.

고려해야 할 변수는 총 두 가지다.

첫째, 드림워커가 이 안에 없을 확률. 확률로만 놓고 본다면 충분히 가능한 이야기였다. 회담의 참석자는 왕당파의 귀족들 중에서도 소수에 불과했다. 귀부인이라던가 공자, 공녀들의 수만 따져도 기백 명은 됐다. 만약 여기서 용의자가 적발되지 않는다면 일정이 꽤 꼬여버릴 것이다.

둘째, 드림워커를 적발하는 데에는 성공했으나 그의 힘이 나를 뛰어넘을 확률.

이건 염려하지 않아도 될 것 같군. 여기 모인 면면들이 어디 보통 사람들이어야 말이지.

"내 손에는 일반인에겐 보이지 않는 신의 성물이 들려 있어. 사도의 상징이라고도 할 수 있는 물건이지."

나는 왼손에 길몽의 책을 들고 테이블을 한 바퀴 순회했다. 다들 어설프게 눈알을 굴리는 가운데, 오직 아레이만이 책을 정확히 바라보았다. 너무 정직한 반응이라 웃음이 나올 정도였다.

"그리고 이 성물은 실은 내 것이 아니야. 얼마 전에 만난 한 얼뜨기 사도의 물건이었지. 어떻게 다른 사도의 성물을 가지고 있냐고? 그건 지금부터 지켜보면 돼. 내겐 두 가지 권능이 있거든. 상대의 이름만 듣고도 내력을 읽어 내는 능력, 그리고 이름과 내력을 아는 사람의 물건을 강탈하는 능력."

물론 두 번째 능력은 구라다. 하지만 알 게 뭐냐? 쉐브릴도 내 능력을 잘 모르더라. 그러니 내가 콩으로 팝콘을 튀겨낸다고 한들 지들이 뭘 어쩌겠어.

"그럼 시범케이스를 누구로 해볼까나…."

"나부터 갑시다."

한 건장한 사내가 거수를 했다. 그는 얼굴만 보고도 내력을 맞출 수 있을 것 같았다. 대영주를 완전히 빼다 박았으니까. 고집 세 보이는 입매와 자신만만한 어투까지 틀로 찍어낸 듯 똑같았다.

"나는 이런 걸 가만히 기다리는 체질이 못 돼서."

그는 내 앞에 떡 버티고 서서 목을 좌우로 꺾었다. 거대한 승모근이 역동적으로 꿈틀거렸다.

"이름은?"

"클라인 로젠트."

나는 설정북을 꺼내 그의 항목을 확인했다.

- 클라인 로젠트

벨렘 로젠트의 장남. 로젠트 가문이 후계문제로 시끄럽지 않을 수 있었던 건 그의 존재 덕이었다. 그의 삶은 한마디로 축약될 수 있었다. 훌륭한 아들이 되는 것.

그는 아버지가 주선한 여자와 결혼했고, 아버지가 시키는 대로 전장에 나갔다. 그는 적당한 무공과 가문의 후광에 힘입어 서른 살에 흑철기병대의 대장이 되는 영예를 누린다.

그의 삶은 언제까지나 평탄하기만 할 것 같았다. 만사가 틀어지기 시작한 건 베키를 만나면서부터였다. 그는 베키에게 품은 연정이 가문의 명예에 흠을 낼까 노심초사하고 있다.

전용기 : 없음

처치시 획득점수 : 150

'오호라.'

여러모로 흥미로운 프로필이었다. 뭣보다 저 텅 빈 기술란을 보라. 흑철기병대의 대장씩이나 되고도 전용기가 하나도 없다니.

장군 주제에 지체 높은 가문의 아드님이랍시고 어지간히 보호를 받은 모양이었다. 자격 없는 자가 윗자리를 꿰차고 있는 거, 이게 바로 망국의 징조 아니겠냐.

저 높은 처치시 획득점수는 실력보다는 그가 가진 사회적 지위에서 기인한 것 같다. 대영주의 후계자이자 최강의 기병대인 흑철기병대의 대장. 민간인한테 붙여줘도 기본으로 100점은 나오지 싶은 타이틀이었다.

그리고 베키라는 여자. 저건 내가 설정한 적이 없는 과거사였다. 아무리 내가 설정덕후라고 해도, 중혼이 인정되는 문란한 사회에서 엑스트라의 이성편력까지 하나하나 다 열거해줄 순 없잖아.

"베키."

자신감 가득한 얼굴을 망가뜨리는 데에는 딱 한 마디면 충분했다.

"어떻게 그걸……."

"권능이다."

"베키? 그건 네 하녀의 이름이 아니냐?"

벨렘이 물었다.

"예."

"그 이름이 왜?"

벨렘은 말을 잇다가 입을 다물었다. 아차하다간 국가중대사를 논하는 자리에서 가문의 치부를 폭로할 판이라는 거지.

일부다처, 일처다부, 뭐든 다 가능한 세상이라지만 신분을 넘나드는 관계만큼은 터부가 심했다. 대영주의 아들씩이나 돼서 평민과 정분이 났다는 건 까딱하다가는 후계구도마저 흔들어버릴 수 있는 스캔들이었다.

"어때? 내 능력이."

"부정할 수 없겠소."

클라인이 인정하자 사람들이 입방아를 찧기 시작했다. 가십거리가 나오자 회담장은 금세 시장바닥처럼 시끄러워졌다.

여러 이능 중에서도 가장 사람들을 불편하게 하는 게 바로 마음을 읽는 초능력이다. 귀족치고 떳떳하게 살아온 사람이 드물다보니, 드림워커를 잡는 건 둘째고 숨겨둔 비밀이 탄로날까 무섭다는 거지.

"정숙하시오!"

벨렘이 탁자를 내리치며 주의를 주었다. 그는 드림워커로 시작해서 나, 그리고 아들까지 되는 일이 하나도 없자 열을 받은 것 같았다.

"소란을 부리는 자는 드림워커 본인이거나, 그를 도우려는 의사가 있는 걸로 간주하겠소. 나는 괜찮겠거니 하는 생각은 버리시오. 처벌에는 그 누구도 예외가 없을 테니. 대귀족이건 내 혈육이건, 설령 나 자신이라 할지라도!"

열 받은 게 맞네. 효과는 확실했다. 자기 자신도 벌하겠다는데 여부가 있을 리가 없었다. 벨렘은 이마를 짓누르며 말했다.

"첫 번째 능력은 확인했소. 이제 두 번째 능력도 보여주시오."

"그러지."

첫 번째 능력은 약간의 정보력만 있다면 누구나 흉내가 가능했다. 그래서인지 아직까지는 다들 반신반의하는 눈치였다. 두 번째 능력이야말로 이 쇼의 알파이자 오메가였다.

"나는 이름과 내력을 아는 사람의 물건을 무엇이든지 가져올 수 있어. 어디보자. 당신 같은 경우에는……."

나는 클라인의 행색을 아래위로 훑어보았다.

"그 검이 좋겠군."

클라인의 마법검은 검집을 뚫고 빛이 새어나올 정도로 강한 마법이 부여되어 있었다. 내 블랙하트보다 훨씬 윗등급의 명검이었다.

"그걸 가져가볼 테니, 거리를 벌려봐."

"알겠소."

클라인은 내게서 스무 발짝 가량 물러났다. 물리적으로는 손을 쓸 수 없을 만큼 먼 거리였다.

다들 이 실험이 어떻게 끝날지 관심있게 지켜보고 있었다. 특히 마법사들의 열기가 대단했다. 신의 권능은 마력과 무관하게 동작한다. 그들은 내가 사기를 치려는 게 아닌지 촉각을 곤두세우는 중이었다.

나는 눈을 반개하며 느릿하게 주문을 외우기 시작했다.

"믿을 수 있나요. 나의 꿈속에서 너는 마법에 빠진 공주란 걸. 언제나 너를 향한 마음엔 수많은 어려움뿐이지만…."

진짜 주문은 아니었다. 마법의 성이란 가요의 가사를 떠오르는 대로 주절거리는 중이었다. 한국어로 발음하는 지라 알아듣는 사람은 없을 것이다.

이 가사 내용이 은근히 지금 상황에 어울리는 것 같았다. 꿈 운운하는 게 소로스의 신도가 부를법한 노래라고나 할까.

원곡은 동화적이고 산뜻하지만, 나는 분위기를 우려내기 위해 음성을 최대한 낮게 깔았다. 마녀가 개구리 뒷다리를 들고서 흥얼거릴 듯한 곡조로다가.

음산한 흐름이 절정을 탔을 때였다. 나는 클라인을 향해 손을 대뜸 뻗으며 외쳤다.

"보아라!"

유명한 명언이 있다. 손은 눈보다 빠르다는. 찰나에 모두의 시선이 클라인의 검에 집중되었다. 나는 때를 놓치지 않고 순간가속을 발동시켰다.

이 순간은 언제 겪어도 경이롭다. 나 홀로 시간을 초월하는 느낌. 나는 클라인에게 다가가 검을 뽑아내었다. 예상대로 그의 검은 최상급의 아티펙트였다. 넘쳐나는 마력이 손아귀에 저릿하게 스며들었다.

나는 원래의 위치로 돌아온 뒤 어떤 포즈를 취할지 약이 초간 고민했다.

"헉?"

"사라졌다?"

순간가속이 끝났다. 사람들은 사라져버린 검에 기겁을 하다가, 내게로 시선이 되돌아왔다. 이때 나는 검끝을 땅에 대고 손잡이에 손을 올려두고 있었다. 충무공 동상이 흔히 취하는 자세였다.

"저기 있다!"

"검이다!"

"봤지?"

나는 잘 보라는 듯 검을 높이 들어주었다.

"마법이 아닙니다. 제가 인지할 수 있는 범위 내에선 주문의 구동이 이뤄지지 않았습니다."

"마찬가지요. 나도 아무것도 느끼지 못했소."

궁정마법사와 클라인이 내 퍼포먼스에 힘을 실어주었다.

"당신은 정말로 신의 사도로군요."

"그렇다니까."

나는 한껏 으스대며 말했다.

언제나 느끼는 건데, 순간가속 스킬이 단순한 물리가속은 아닐 거란 막연한 추측이 들었다. 진짜 물리력으로만 가속을 할 거였으면 후폭풍으로 여기 사람들이 다 쓸려나가지 않았을까.

밀프의 눈빛이 이전과 사뭇 달랐다. 그는 혼란스러워하는 것 같았다. 그럴 수밖에 없었다. 그의 지상목표는 잘 먹고 잘 살자는 거니까. 그는 나름의 기준에 근거하여 기존 체제에 승산이 있다고 믿고 있었다. 그런데 여기저기서 사도라는 것들이 튀어나오더니, 이젠 나라는 놈까지 만나게 됐다는 거겠지.

"자네가 어떤 신을 모시는지는 모르겠지만 아주 강력한 신임에는 틀림이 없군. 마음을 꿰뚫어보는 데다가 물건을 강탈하는 능력이라…… 허어."

벨렘의 탄식이 사람들의 심경을 대변해주었다. 독심술 하나만 해도 머리가 지끈거리는데, 물건까지 마음대로 가져가면 누가 대적을 한단 말인가? 뭐 그런 생각들을 하고 있는 듯했다.

"안심해. 난 아직 당신들의 적이 아니니까."

"……."

다들 대꾸가 없었다. 신살자란 별호의 무게가 이제사 느껴지는 것 같았다.

"시범은 이쯤하면 됐을 테고, 순서대로 와서 이름을 불러봐. 이름만 알면 돼. 그러면 녀석의 성물은 내 손에 있는 거나 다름없거든. 그게 다야. 성물을 뺏긴 사도는 별거 아니라고."

나는 가신 한 명 한 명의 이름을 설정북에서 찾거나 써가며 확인을 해나갔다. 이중에 드림워커가 있다면 간이 쪼그라드는 압박을 느끼고 있을 것이다.

수사와는 번외로, 내가 미처 설정으로 잡지 않았던 이야기를 알아가는 재미가 쏠쏠했다. 클라인의 연애사는 애깃거리도 아니었다. 아버지를 독살한 놈, 형제를 암살한 놈, 정부와 사생아를 제 손으로 죽인 놈, 겉은 멀쩡하게 생겨가지곤 별에 별 싸이코패스들이 다 있었다. 그런 미친놈들은 엿 돼보라고 친절하게 사실을 까발려주는 걸 잊지 않았다.

"흐음, 이상한데."

폭풍 같은 폭로의 시간이 지났다. 나는 이윽고 서른 명의 설정을 모두 확인했다. 심지어 베로니카와 불칸의 설정까지 재확인했다. 하지만 드림워커는 나오지 않았다.

"우리 중에는 드림워커가 없다는 뜻입니까?"

"그런가보네."

기대했던 장면은 이게 아니었다. 책을 빼앗길지 모른다는 압박에 놈이 먼저 튀어나오길 기대했었는데.

달갑지 않은 전개였다. 이러면 골치 아파진다. 계약을 맺었으니 한동안 벨렘의 땅을 떠나지 못하게 생겼으니까.

이렇게 끝인가? 나 초인적인 통찰력을 가지고 있다며. 그거 여전히 작동중인가?

"식솔들을 모두 데려와 검사를 해보는 건 어떻소?"

"잠깐."

나는 손을 들어 벨렘을 제지했다. 물론 식솔도, 고용인도 죄다 불러와 검사해야한다. 그러나 아직 확인해볼 사람이 한 명 남아있었다. 이중에 단 한 명만이 처음부터 용의선상 밖에 있었다.

"아레이."

"예."

아레이는 다소 뻣뻣한 얼굴로 대답했다. 그는 여기 모인 사람들의 이름값에 짓눌린 듯 평소같은 유쾌함을 보여주지 못하고 있었다.

그는 나를 전적으로 도와주었으며, 무엇보다도 내게 권능의 책을 건네주었다. 이게 결정적이었다. 책이라는 게 사도에게 어떤 의미인지 잘 아니까. 나도 차라리 죽는 한이 있을지언정 이것만큼은 누구에게도 뺏기고 싶지 않았다.

하지만 난 그를 너무 쉽게 믿어버린 건 아닐까?

설정북에서는 아레이를 이렇게 묘사했었다. '그는 얼마 지나지 않아 걸출한 재능을 인정받아 사도로 발탁되었다.'

신앙에 관해서는 딱 이 한 줄만 쓰여 있을 뿐, 그가 길몽의 사도인지 흉몽의 사도인지는 언급이 없었다. 애초에 길몽이니 흉몽이니 하는 것도 그가 한 말에 지나지 않았다.

수상쩍게 보기 시작하니 눈에 밟히는 게 한두 가지가 아니었다. 나를 먼저 마중 나왔던 것도, 내게 정신계 마법을 시도했던 것도 얼마든 문제의 소지가 있었다.

"난 너를 믿고 싶어."

"제 차례인 겁니까?"

"그래. 이게 네게 하는 마지막 시험이 될 거야."

"여전히 절 의심하시는군요."

"너무 서운해하진 마. 우리가 아직 그럴 만큼 신뢰를 쌓은 사이는 아니잖아?"

"그렇긴 합니다."

아레이는 여기 모인 사람들 중 가장 존재감이 희박했다. 그는 후계구도에서 일찌감치 밀려났으며, 성장기 대부분을 방랑으로 지새웠다. 그가 나와 갑자기 진지한 대화를 나누자 사람들은 영문을 모르겠다는 눈치였다.

"나는 네게 무엇이든 강탈할 수 있는 권능을 쓸 거야. 네 품에 흉몽의 서가 들어있다 가정하고. 만약 내 짐작이 틀렸다면 그때는 널 두 차례나 의심했던 걸 사과하지. 빌려간 책도 돌려주도록 하겠어."

"책을 돌려준다 하셨습니까?"

질문을 던진 건 밀프였다.

"설마 성물을 강탈했다던 사도가 다섯째 공자님입니까?"

"아니, 이건 그냥 읽을만한 책 이야기야. 우린 오는 길에 만나 동행했었거든. 이틀 같이 다니며 많이 친해졌지."

나는 대수롭잖다는 듯 어깨를 으쓱였다. 아직 아레이의 정체를 까발릴 때는 아니었다. 벨렘은 소로스의 신도라면 누구도 가만두지 않을 기세였다.

"자, 그럼 주문을 외워볼까나."

주문 같은 건 없다. 오늘 하루치의 순간가속은 이미 썼으니까. 그래도 난 내 쇼가 성공적이었다고 믿는다. 만약 녀석이 드림워커라면…….

"잠시만 기다려주시겠습니까, 테나단님."

이렇게 나오겠지.

아레이는 곱슬머리를 쓸어 넘기며 나를 말렸다. 좋지 않은 예감이 들었다. 녀석의 표정에서 전에 없던 여유가 배어나오고 있었다.

"주문은 쓰지 않으셔도 됩니다."

"그 뜻은?"

"제가 드림워커가 맞으니까요."

"뭣이?"

벨렘이 자리를 박차고 일어나며 소리쳤다. 마치 파도가 갈라지듯, 아레이 주변의 가신들이 일제히 물러나며 무기를 뽑아들었다.

"다시 말해보아라. 무어라 했느냐!"

"제가 드림워커가 맞습니다."

아레이는 음절 하나하나를 끊어 또박또박 말했다.

충격을 받은 건 벨렘뿐만이 아니다. 나도 쇼킹했다. 내 손에는 길몽의 서가 여전히 들려있었다.

이놈은 대체 무슨 속셈이지? 궁지에 몰린 쥐 치고는 너무 당당한 태도인데.

"아레이. 자살이라도 하고 싶은 거냐?"

나는 그의 얼굴을 들여다보며 물었다. 녀석은 잠깐 사이에 사람이 완전히 바뀌어버렸다. 순진했던 모습은 온데간데없고, 건방진 조소가 만면에 가득했다.

"그럴 리가요. 다 살자고 하는 일입니다. 저는 여러분과 싸울 생각이 없습니다. 그럴 필요도 없습니다."

"네가 저지른 짓들을 보고도 그런 말이 나오냐."

"제가 무슨 짓을 저질렀다는 겁니까?"

놈은 뻔뻔하게도 되물어왔다. 옆구리가 불에 덴 듯 화끈거렸다. 진짜로 불에 데이고 있었다. 베로니카는 당장에라도 녀석을 태워버릴 듯 맹렬한 화기를 내뿜는 중이었다.

"혀 조심해라 너. 그따위로 지껄였다간 가만두지 않아. 너 하나 때문에 무고한 사람들이 얼마나 많이 죽었는지 진짜 몰라서 그래?"

"말은 바로 해야겠죠. 저는 그 일과 관련하여 손가락 하나 까딱한 적이 없습니다. 무고한 사람들이 죽었다면 그건 제가 아니라 여기 계신 분들의 책임이 아닐까요."

아레이는 그렇게 말하며 주변을 둘러보았다. 영주들은 감히 눈도 마주치지 못했다.

따지고 보면 맞는 말이긴 했다. 그는 정말로 한 게 없었다. 사람을 말뚝에 박은 건 제 발 저린 영주들이었지.

"하지만 넌 내게 거짓말을 했어. 넌 분명 드림워커가 아니라고 말했었지. 떳떳하다면 왜 그때 정체를 밝히지 않았을까?"

"그건 어쩔 수 없었습니다. 당신은 우리의 적이니까요."

미묘한 어휘선정이었다. 녀석은 날더러 '우리의 적'이라고 지칭했다. 나는 놈의 의도를 알 것만 같았다. 녀석은 투항이나 하려고 정체를 밝힌 게 아니었다. 놈은 나와 진심으로 한판 붙어볼 작정이었다.

"아레이."

"예, 아버지."

"뭐냐, 너는?"

벨렘은 분노를 숨기지 않고 표출했다.

"넌 이 아비가 우습게 보이느냐!"

"아닙니다. 그 반대입니다. 저는 아버지를 존경합니다."

입에 침도 안 바르고 거짓말을 하는구만.

"그런 놈이 사람들 앞에서 나를 이리 우습게 만들어?"

"저는 기억합니다. 아버지께서는 항상 사도의 존재를 아쉬워하셨습니다. 비열한 반역자 놈들이 신의 이름을 등에 업고 날뛸 때, 우리는 물러나기만 해야 했으니까요. 이제는 전혀 그러실 필요가 없습니다. 제가 바로 아버지께서 바라시던 힘입니다."

"……."

이건 의외의 전개인걸. 내다버린 자식의 입에서 저런 말이 나올 줄 누가 알았으랴. 듣는 나도 황당했으니 벨렘은 두말할 것도 없었다.

"듣기에는 좋은 말이다. 허나 신도들은 다른 꿈을 꾸고 있다지 않냐?"

"그들이 꿈을 꾸고 있긴 합니다. 그러나 그들에겐 꿈

을 고를 권한이 없습니다. 권한이 있는 건 오직 사도뿐입니다. 사도인 제 의지가 곧 아버지의 의지가 될 것입니다."

"네 의지란 무엇이냐?"

"왕정의 복고입니다."

"무어라?"

"역도들을 처단하고 만대를 이어나갈 왕조의 기틀을 세우는 것. 그것이 사도인 제 의지입니다."

점입가경이다. 녀석이야말로 진짜 협잡꾼이었다. 나는 이쯤에서 끼어들 필요를 느꼈다.

"재미있는 주장이긴 한데, 허점이 너무 많은걸."

"그렇습니까?"

"네가 그렇게 충성스러운 놈이었으면 처음부터 말을 똑바로 했어야지. 네 아버지가 소로스 때문에 고생하는 게 어디 하루 이틀이었냐? 여태껏 조용히 구경만 하고 있다가, 위험하다 싶으니 튀어나오는 소리를 누가 믿어주겠어. 아서, 자식아. 그냥 살려달라고 비는 게 덜 구차하겠다."

"테나단님께선 이해를 못하셨군요."

"뭘 이해를 못해. 잘만 하고 있구만."

"소로스께선 악신입니다. 본인 입으로 말해놓고 잊으신 겁니까?"

"그게 왜?"

"꿈을 고르는 권한은 제게 있습니다만, 저 하나만으로는 아무것도 이룰 수 없습니다. 소로스님의 권능이 행사되려면 수많은 꿈이 한데 모여야 합니다. 염원의 탑을 쌓는 것, 그것이 신도들의 역할입니다."

"염원의 탑이라고……."

나는 말끝을 흐렸다. 아주 더러운 가정이 뇌리를 스쳐갔다.

"설마 사람들이 탄압받는 걸 일부러 방치했다는 건가? 그럴수록 신도가 늘어갈 테니까."

"예, 잘 보셨습니다."

아레이는 고개를 끄덕였다.

"여러 영주님들이 분발해주신 덕분에 소로스께선 매우 흡족해하고 계십니다. 꿈의 실현이 머지 않았습니다. 테마르의 역사를 우리 손으로 재건하는 겁니다."

그는 벨렘을 돌아보며 말했다.

"아버지, 앞으로는 제가 함께하겠습니다. 반역자들의 버릇을 고쳐줄 때입니다."

"……."

벨렘은 갈등하는 것 같았다. 상황은 반전에 반전을 거듭했다. 조금 전까지만 해도 죽일 놈이었던 드림워커가 제 자식인데다, 이제는 손까지 내밀어오고 있었다.

"헛소리 작작 해라. 네가 그렇게 애국자였으면 처음부터 방랑을 하지도 말았어야지. 한평생 바깥에서 겉돌다가 이제 와서 국왕폐하 만세라고. 여기 사람들이 바보인 줄 아냐? 넌 이 나라가 어떻게 되건 안중에도 없는 놈이야. 네 머릿속엔 국왕도, 아버지도 없어. 오직 소로슨가 뭔가 하는 미친 신만이 들어앉아 있을 뿐이지. 네 어딜 믿고 함께 일을 한단 말이냐? 무슨 말을 숨기고 있을지, 뒤에서 또 무슨 짓을 할지 알고?"

나는 이어서 벨렘도 찔렀다.

"당신도 대귀족의 자존심이 있다면 한심한 생각은 하지 말어. 언제부터 테마르의 귀족이 악신에게 의지를 해야 할 정도로 나약해졌어?"

저 또라이와 벨렘이 손을 잡도록 놔둘 순 없었다. 녀석에겐 꿍꿍이가 있다. 뭔지는 몰라도, 악신의 모습을 유감없이 보여줄 교활한 흉계임엔 틀림없을 것이다.

벨렘은 오랫동안 번민했다. 그는 아까의 오 년에 덧이어 급속도로 늙어가고 있었다.

"나는……."

벨렘은 정말 어렵게 첫 한 마디를 떼었다.

"드림워커를 지지하겠다."

미치고 팔짝 뛰겠군.

"감사합니다, 아버지."

아레이는 벨렘에게 깊이 허리를 숙여 인사를 올렸다. 녀석의 낯짝엔 승리자의 미소가 떠오르고 있었다.

"진심이야? 저 음흉한 녀석의 편을 들겠다고? 저놈은 자기 신도들이 죽어가는 걸 입 닫고 구경만 하던 놈이잖아."

"그건 설명되었다. 납득할 수 있는 목적이 있었다고."

"목적이 있으면 그래도 되나?"

"우리는 전쟁중이다. 전시에 인간의 목숨이란 얼마든지 수단으로 활용될 수 있는 것이다. 그건 너도 마찬가지 아닌가?"

"하지만…!"

"그만!"

벨렘은 핏발이 선 눈으로 날 노려보았다. 갈색 눈동자가 불안정하게 흔들리고 있었다.

"그는…… 내 아들이다."

그렇군.

저 한 마디엔 많은 뜻이 함축되어 있었다. 벨렘이 내 말에 공감하지 않는 건 아니었다. 그러나 내 손을 들어줘서는 남는 게 없었다. 도시를 잃는 것도 모자라 아들까지 잃을 흐름이었다. 나아가 대영주의 권위가 땅에 떨어짐으로서 연맹이 와해될 수도 있었다.

반면 아레이의 편을 들어주면 잃는 것 하나 없이 당장

의 전력이 보강된다. 사도란 강력한 무기를 손에 넣음으로서 칸나의 패권을 노려볼 수도 있다.

결국 벨렘 또한 일개의 인간이었다. 이성보다는 믿고 싶은 것에 이끌리는.

왕당파의 유일한 약점이 사도급 실력자가 없다는 거였는데, 이게 이렇게 보완이 되고마는 건가.

"그럼 우리의 협약은? 그것도 날아가나?"

"무효조항이 있습니다."

밀프가 끼어들었다.

"드림워커는 납득할 수 있는 방식으로 처단되지 않았습니다. 그러니 협약 또한 효력을 상실합니다."

"가관이군."

지들끼리 북치고 장구치고 다 하네. 그래, 아주 다 해먹어라.

나는 하늘이 꺼져라 한숨을 내쉬었다. 오늘 하루는 매우 길어질 것만 같았다.

"아레이. 우리가 이렇게 된 건 유감이야."

"저도 그렇습니다."

"그런데 우리는 우리끼리의 협약이 있었지?"

나는 길몽의 서를 그가 잘 보이도록 들었다.

"이게 네게 아무 의미 없는 물건은 아닐 텐데."

"마음대로 하십시오."

아레이는 나를 비웃듯 입꼬리를 올리며 말했다.

"필요 없으니 드린 거니까요. 저는 다른 하나로도 충분합니다."

NEO FUSION FANTASY STORY & ADVANTURE

4. 노블리스트 vs 드림워커

Novelist

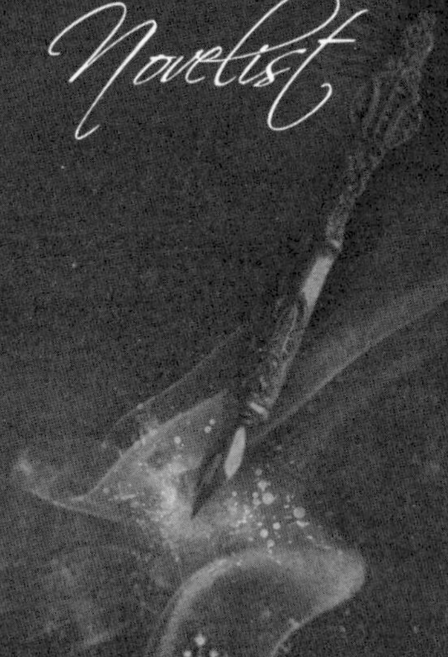

4. 노블리스트 vs 드림워커

길몽의 서가 필요없다는 건가. 이놈 미친놈 맞네.

내 기준으로는 길몽의 서도 불온서적에 가까웠다. 길몽이 그럴진대 흉몽은 어지간하겠냐. 흉몽만으로도 충분하다는 건 녀석의 브레이크가 고장났다는 뜻이었다.

울쓰락이 그랬었지. 사도들은 잠잘 때나 깨어 있을 때나 신의 속삭임을 듣는다고. 놈의 정신은 이미 소로스와 동화되어 인간이라 보기 어려운 상태인 것 같았다.

인격이 스위칭을 한 것도 납득이 간다. 소로스의 꿈이야말로 변화무쌍함의 대명사니까. 요컨대 그는 한스의 완전체인 셈이다.

"쯧."

나는 혀를 찼다. 어딜 가나 광신이 문제가 되는구만.

꼬락서니를 보아하니 길몽과 흉몽의 서가 합쳐져야 완전해진다는 것도 거짓말일 듯했다. 하기사 그게 합쳐지는 거였으면 굳이 쪼개놓을 것도 없었겠다.

"아버지, 계시가 있었습니다. 이 자리에서 꼭 해야만 하는 일입니다."

"무엇이냐?"

"노블리스트를 죽여야합니다."

역시 이놈의 인기란.

놀랍진 않다. 악신들은 도저히 내 책이 그냥 지나쳐지지 않는 모양이었다.

"그건 도의에 어긋나는 일이외다."

"회담에 제 발로 찾아온 자를 죽이란 말입니까?"

반발이 의외로 많았다. 꽤 많은 사람이 목소리를 내는 와중에, 고지식한 늙은 귀족 월터 프리먼이 눈에 뜨였다.

"공자, 우리는 긍지높은 테마르의 귀족이오. 명예를 잊는다면 우리가 산적과 다를 바 무어겠소."

월터는 나를 변호하기 위해 열을 올리고 있었다. 그는 언제든 벨렘의 자리를 대신할 수 있는 대귀족이었다. 한평생 그렇게 믿고 버팅겨왔을 텐데, 벨렘의 아들이 떡하니 사도랍시고 나타난 거다. 지금 견제를 해두지 않았다가는 큰일 나겠다 싶었겠지.

"명예도 살아있을 때나 챙기는 겁니다. 노블리스트는 위험한 적입니다. 이때가 아니라면 그를 죽이기란 요원합니다."

"너무 속단하는 거 아니오? 정당한 방법으로도 얼마든지…."

"저기, 끼어들어서 미안한데."

나는 이 어이없는 토론에 고춧가루를 뿌려주기로 했다.

"너희들은 내 목이 무슨 찻받침 위의 잔이라도 되는 줄 아냐? 하냐 마냐를 논하기 전에 할 수 있냐 없냐부터 논해야 하는 거 아니냐."

"충분히 할 수 있습니다."

"그래?"

"당신은 신을 죽였지만, 신처럼 강한 건 아니죠. 그건 제 권능이 보장합니다."

"네 권능이 뭔데? 기껏해야 꿈이나…."

나는 문득 깨닫는 바가 있어 말을 멈추었다.

그 꿈. 그 재수 없던 꿈이 그런 의도였던 거군. 녀석은 내 정신을 엿봤던 거다. 구글마냥 신상을 털진 못했겠지만, 표층을 읽어낸 걸로 힘의 크기를 추측할 순 있었겠지.

그랬군. 그게 다 의도가 있는 접근이었어.

한 방 먹은 셈이다. 하지만 나는 그럴수록 웃음을 잃지 않았다.

"과연 대단한 권능이군. 불과 하루 전에 엎드려 목숨을 구걸했던 녀석치고는."

"뭐라? 그게 사실인가?"

"너희들도 그걸 봤어야했어. 이놈은 자기 성물을 바쳐 가면서까지 목을 간수해달라 애원했다고. 제대로 싸워보고 그러는 거면 말도 안 해, 내가 창을 쓰는 속도보다 무릎 꿇는 속도가 더 빠르겠더라. 만약 너희들의 자신감이 이 얼뜨기한테서 나오는 거라면, 재고를 해봐야 할 거야."

아레이는 고개를 숙이며 아무 말이 없었다. 분위기는 다시 반전되고 있었다. 벨렘은 도대체 일이 어떻게 되가는지 모르겠다는 듯 인상만 찌푸리는 중이었다. 그가 아레이에게 기대한 건 결전병기로서의 역할이다. 그게 되지 않는다면 아들이고 뭐고 귀찮은 광신도에 불과할 따름이었다.

"그럼 지금 공자께선 성물이 없다는 겁니까?"

밀프가 질문을 해왔다.

"있지. 가진 전부라면서 두 개 중에 하나만 줬을 거야. 완전 사기꾼이 따로 없다니까?"

나는 말에 그치지 않았다. 나는 건들거리며 아레이 앞까지 걸어갔다.

"어이, 뭐라고 말 좀 해봐. 너 나한테 빈 적 있었지?"

"……."

좀 양아치스럽긴 한데, 급한 건 나니까 수단과 방법을

가리지 않도록 하자. 이놈은 내 뻥카를 일부나마 읽어낸 유일한 녀석이었다. 제대로 밟아두지 않는다면 두고두고 후환이 될 것이다.

"후후."

아레이는 고개를 숙인 채로 조소를 흘렸다. 놈은 그러더니 갑자기 눈을 치켜떴다.

"어디 해봅시다."

녀석은 장갑을 벗어 내게 던졌다. 나는 날아오는 천장갑을 능숙하게 낚아챘었다.

"당신에게 결투를 신청하겠습니다."

"뭐라고?"

이게 무슨 해괴한 소리라지?

나만 어처구니없는 게 아닌 것 같았다. 사람들은 숨 돌릴 틈 없는 전개에 넋이 나가버린 듯했다. 이때는 정숙하라는 말도 소용없었다. 다들 입방아를 찧는 통에 정신이 다 산만해졌다.

"잠깐, 잠깐만."

나는 녀석을 손으로 가리켰다. 분명 듣긴 했는데, 워낙 어이없는 내용인지라 한 번 더 확인을 해둬야 할 것 같다.

"나랑 일대일로 싸워보겠다고? 네가?"

"예, 그렇습니다."

"하하…."

나는 웃을 수밖에 없었다.

아무리 현실이 스탯따라 결정되는 건 아니라지만, 녀석은 백오십 점짜리였다. 거기서 대영주의 아들과 소로스의 사도라는 타이틀값을 빼면 실제 가진 힘으로는 고작해야 팔십 점 남짓일 거다.

반면 내 힘은 진정한 의미로 사도에 가까워져 있었다. 유일한 약점이던 마법방어력마저 마력을 습득함으로서 메꿔버린 참이었다.

아마 신의 권능을 믿는 거겠지. 그것 말고는 나올 게 없었다. 소로스를 위한 염원의 탑이 세워졌다고 했던가. 녀석은 상당히 많은 위업포인트를 적립해둔 것 같았다.

"굳이 여러 사람 힘들게 할 것 없습니다. 우리 둘이서 승부를 내면 됩니다. 저는 당신을 쓰러뜨려 사도로서의 제 가치를 입증하겠습니다."

"좋아, 까짓거."

나는 받아든 장갑을 되돌려주었다. 내 손을 떠난 장갑은 벽 끝까지 로켓처럼 날아갔다.

"대신 이번에는 유치한 말장난에 넘어가지 않겠어. 밀프, 너."

"예."

"이 결투는 '납득할 수 있는 방식' 인가? 대답해."

"그건……."

밀프는 벨렘의 눈치를 보았다.

"또 딴 소리 했다간 협약이고 뭐고 너희들 입을 다 털어버릴 거야. 확실히 해두자고."

"인정하지."

벨렘이 모자란 책사를 대신하여 대답해주었다.

"자네가 결투에서 승리한다면 군말없이 마로자를 넘기겠네. 그리고 드림워커가 유효하게 처단되었음을 공표하도록 하지."

"주군, 다섯째 공자님의 목숨이 걸린 일입니다!"

"이견은 듣지 않겠다. 내 아들은 다 자란 성인이다. 그리고 뛰어난 전사이기도 하다."

벨렘은 고집스럽게 입을 다물어버렸다. 얼핏 듣기엔 부자간의 신뢰가 느껴지는 발언이었다. 그러나 그와 아레이 사이에 남은 정은 없었다. 그는 계산으로 득실을 따져보고 잃을 게 없다 결론을 내린 거다.

아레이가 이긴다면 금상첨화다. 성가신 적을 정당한 명분으로 제거하고, 덤으로 사도까지 손에 들어오니까.

혹여 진다고 해도 상관없었다. 여태껏 사도 없이도 잘 해온 데다가, 드림워커가 사라져 오히려 형편이 나아질 수도 있었다.

"문서를 다시 작성하도록 하지."

"결투의 종류를 명시해줘. 승부는 끝까지 가는 걸로 하자고."

"아레이. 동의하느냐?"

"당연합니다. 그것만이 진짜를 보여줄 수 있을 겁니다."

공식적으로 치러지는 결투에는 두 가지 종류가 있다. 승부가 갈린 시점에서 멈추는 대련과, 어느 한 쪽이 죽을 때까지 멈추지 않는 생사투.

물 들어왔을 때 노 저으라고 했다. 맞는 비유인지는 모르겠는데, 오늘 이후로 녀석과 마주치려면 십만 군대를 먼저 넘어서야 할 것이다. 녀석에게나 내게나 지금이 다시 오지 않을 찬스였다.

"확인하시길."

밀프가 새로 작성한 문서를 넘겨주었다. 중요한 변경점이 몇 가지 있었다. 변경불가 조항이 가장 눈에 띄었다.

"이 조약은 결투가 끝나자마자 이행되어야하며, 어떤 사유에서든 번복될 수 없음을 백팔신의 이름으로 명확히 한다."

벨렘의 낭독이 끝났다. 회장 안은 벌써부터 압박감으로 달아오르기 시작했다. 나도 마찬가지였다. 손바닥이 땀에 젖어 축축했다. 초인이 되었더라도 긴장을 아예 안할 수는 없는 것 같다.

"장소는 어디로 하나?"

"굳이 나갈 필요 없습니다. 홀에서 치르도록 하죠."

"나는 어디서든 상관없어."

그렇게 장소는 홀 안으로 정해졌다. 저들로서는 여기가 최적의 장소였다. 훤히 트인 곳에서 아레이가 지기라도 한다면 쪽팔리는 소문을 막지 못할 테니까.

우리는 다시 접객실로 안내되었다. 곧장 칼부림을 벌이진 않는다. 그건 야만인이나 하는 짓거리고, 귀족들에겐 격식과 절차라는 게 있었다.

"쓰셔야 합니다."

불칸은 아까부터 내게 으름장을 놓는 중이었다. 나는 소파에 드러누워 생떼를 썼다.

"아니, 그렇게 심각할 일은 아니라니까."

"충분히 심각합니다. 물론 저는 주군의 승리를 의심하지 않습니다. 하지만, 그래도 쓰셔야합니다."

녀석이 쓰라는 건 유언장이었다. 그게 결투의 절차 중 하나였다.

"테나단. 나도 네가 써야 한다고 생각한다."

"아이고……."

나는 머리를 벅벅 긁으며 상체를 일으켰다. 별 수 있나. 사랑하는 두 가신이 조여대니 쓰는 수밖에.

나는 멍하니 앉아 흰 백지와 마주했다. 십분이 지났다.

그런데도 백지에는 한 줄의 진척이 없었다. 명색이 작가인데, 머리가 텅 빈듯 단 한 문구도 써내려갈 수 없었다.

"정 다룰 내용이 없으시면 유산과 후계에 대해서만 언급해주셔도 됩니다."

"유산? 나한테 그런 게 어딨냐."

백성의 돈이 곧 내 돈이오, 내 돈이 곧 백성의 것이거늘.

"그러면 후계자는 어떻게 하시겠습니까?"

"그걸 말이라고. 나 결혼도 안했잖아. 자식도, 가족도, 친척도 없다고."

갑자기 눈물이 다 나오네.

"꼭 혈육이 아니어도 괜찮습니다. 주군께서 부재시에 자리를 대행할 수 있는 사람이면 됩니다."

"흐음."

이거, 써두는 게 맞는 거 같긴 하다. 우리 같은 신생세력에겐 공통된 특징이 있다. 군주의 카리스마로 결속되어 강한 응집력을 가진 반면, 군주만 죽으면 사상누각 돼버린다는 거. 내가 영원불사할거란 장담이 없다면 한번쯤 다뤄볼만한 문제였다.

"내 후계는……."

누구로 한담.

가슴이 시키는 건 베로니카인데, 그녀에게 군주의 자질은 없었다. 라울은 너무 촐싹맞았다. 아사드는 다 좋은데

인간미가 없다. 한둘씩 제명을 시켜가던 나는 한 명의 이름을 남기고 멈추었다.

"울쓰락."

"그렇습니까."

불칸은 의외로 수긍하는 듯했다.

"그래. 쉐브릴의 지배에서 벗어난 울쓰락이야말로 이상적인 군주상이야. 영원히 사는데다가, 개념이 콱 박혀 있잖아. 내게 불의의 사고가 생긴다면 그를 믿고 가도록 해."

물론 허접한 사도 나부랭이한테 지는 일 따윈 벌어지지 않을 거다. 한 백년 뒤에 이 이야기를 계속해보자고.

나는 유사시 울쓰락에게 군주의 위를 넘긴다는 내용을 골자로 유언장의 작성을 완료했다. 공증인으로는 불칸과 베로니카가 서명을 해주었다.

"테나단님. 아레이님의 준비가 완료되었습니다."

기대한 것보다 더 빠른 타이밍이다. 원래라면 신의 사제를 불러와 장비를 축성하는 등 밟아나갈 절차가 많았다. 그러나 나는 신 후보생이고 저쪽은 신의 사도다보니, 거룩한 절차들의 상당부분이 스킵된 것 같다.

"가자."

나는 벌떡 일어나 흑룡을 움켜쥐었다. 여전히 긴장이 된다. 그러나 내겐 그 이상의 확신이 있었다. 사지말단까지 그득한 거대한 힘이, 그리고 넘쳐나는 마력이 내가 이길 것이노라고 말해주었다.

문이 열렸다. 회장에는 결투를 위한 널찍한 공간이 마련되었다. 군주와 영주들, 장수들은 공간을 빙 둘러 착석해 있었다.

"테나단."

나는 베로니카를 돌아보았다.

"살려두지 마라."

승리의 여신이 내게 속삭였다.

물론 살려두지 않을 작정이다. 악신의 사도와 나는 결코 공존할 수 없으니까.

나는 불칸과 베로니카를 두고 결투장의 정중앙까지 홀로 걸어갔다. 준비가 다 됐다던 아레이는 아직 오지 않았다.

나는 몸을 풀며 녀석이 가져올만한 전략을 떠올려보았다. 소로스의 힘은 한 마디로 기이막측이라 표현할 수 있다. 그는 작가적 기질이 있는 신이었다. 뭐든 만들어낸 다음 꿈에서 봤다며 우겨도 할 말 없었다. 당장 저 문을 열고 내 도플갱어가 나타난다 한들 이상할 게 없다는 거.

"아레이님이 오십니다."

사람들이 웅성거리기 시작했다. 나는 아레이를 발견하고는 씨익 웃었다.

역시 기대를 저버리지 않는구만.

"저 자는…."

"저런 장수가 있었던가?"

누가 봐도 마법적인 존재임에 분명한 덩치가 그를 호위하고 있었다. 불칸보다는 작았지만, 내게 비하면 거인이나 마찬가지였다.

거인의 갑주는 대포에 직격당해도 멀쩡할 만큼 두꺼웠다. 양손에는 가시가 박힌 철추를 하나씩 쥐고 있었다. 갑옷의 틈새에선 걸을 때마다 쇳소리와 함께 흑색의 아우라가 흘러나왔다.

"어이, 저건 뭐지? 난 이게 결투라고 들었는데."

"문제 있습니까?"

"보고도 모르겠냐? 저런 게 결투에 인정이 될 거였으면 소환사가 대장먹겠다."

"이건 소환수가 아닙니다."

녀석은 뭐가 그리 좋은지 싱글벙글거리고 있었다. 한때나마 저 재수없는 낯짝을 인상 좋다고 생각했었다니.

"이건 제 꿈의 일부입니다. 허상인 거죠. 평소 저는 가장 강한 전사에 대한 동경이 있었습니다. 세상에서 가장 강한 전사, 그 꿈이 이뤄진 거라 보시면 됩니다."

헛소리 같은데. 세상에서 가장 강하다니. 그런 관념적인 바람이 이뤄질 리가 있나.

"그럼 그것도 네 꿈인가?"

나는 아레이의 갑옷을 가리켰다. 녀석은 허름한 모험가용 가죽옷을 벗어던지고, 여느 장군 못지않은 폼 나는 갑옷을 걸치고 있었다. 등에는 망토까지 달았다. 그의 몸에선 거인과 마찬가지로 짙은 아우라가 연기를 피운 것처럼 흘러나왔다.

"예. 이건 절대 뚫리지 않는 갑옷이라는 겁니다. 아시다시피 제가 좀 겁이 많잖습니까."

아레이는 그 말을 하며 투구를 덮어썼다.

가장 강한 전사와 절대 뚫리지 않는 갑옷이라. 말장난하는 듯한 네이밍이었다. 놈의 의도가 무엇인지 짐작도 가지 않았다.

"괜찮겠소?"

벨렘이 물어왔다. 날 걱정해주는 게 아니라, 저 편법을 인정하겠냐는 물음이었다.

"상관없어."

이게 바로 사도의 저력이라는 거다. 아무리 약한 놈이라 할지라도, 포인트만 충분하다면 무슨 재주를 선보일지 모른다는 것.

하지만 투정은 않겠다. 상대는 신의 대리자니까. 일대일로 끝장낼 기회를 잡은 것만 해도 감지덕지라고 생각하자.

우리는 십 미터의 거리를 두고 마주섰다. 벨렘이 자리에서 일어났다. 그는 이 결투의 주관자였다.

"시작하기에 앞서, 여기 계신 분들께 일러두겠소."

학자 타입의 여자가 벨렘의 말을 옆에서 받아 적고 있었다. 그녀는 사관(史官)이었다.

전쟁에서 대장전이 일어나는 경우는 비일비재했지만, 이 결투는 그 이상으로 각별했다. 두 신을 대리하는 자가 세력의 명운을 걸고 생사투를 벌이는 것이다. 기록을 뒤져봐도 흔치 않을 사건이었다.

"본 결투는 백팔신의 관장하에 치러지오. 누구도 개입할 수 없으며, 누구도 결과를 바꿀 수 없소. 이를 어기려는 자는 지위와 신분고하, 그리고 진영을 막론하고 엄중히 다스리겠소."

여부가 있겠나.

"시작하시오."

그 말이 끝나기가 무서웠다. 아레이가 불러낸 덩치가 득달같이 달려들었다.

"크아압!"

놈은 괴성을 지르며 스파이크가 잔뜩 달린 철추를 내둘렀다. 막기 어려울 만큼 빠르진 않았다. 나는 흑룡의 창대로 스파이크를 튕겨내었다. 금속이 맞부딪힐 때마다 시퍼런 불꽃이 어지럽게 튀었다.

"죽여! 죽여라!"

영주들은 아레이를 일방적으로 응원하고 있었다. 놈은 신이 났는지 양팔을 마구 휘두르며 나를 몰아붙였다. 하나하나가 치명적이었지만, 가장 강한 전사다운 공격은 아니었다.

나는 적절한 타이밍을 보아 녀석의 옆구리에 미들킥을 꽂아주었다. 왼쪽 발을 축으로 몸을 붕 띄우듯 회전력을 실은 발차기였다.

"크억…!"

장독이 박살나는 듯한 격타음이 터져나왔다. 거한은 신음을 흘리며 주춤주춤 물러났다. 용의 힘을 받아내고도 갑옷은 멀쩡했다. 다만 속이 뭉개지고 있을 뿐.

매번 느끼는 아이러니인데, 내 힘은 이 근육덩치를 압도했다. 나는 흑룡을 수평으로 들어 크게 베었다. 창날이 떨리는 소리가 용의 울음을 연상케했다. 어지간한 전용기를 씹어먹을 듯한 위력이었다.

녀석은 왼팔로 내 참격을 가드했다. 허리가 통째로 잘려나가지 않기 위한 고육지책이었다. 흑룡은 갑옷을 우그러뜨리며 팔굽을 움츠린 모양 그대로 베어내버렸다.

"흐으으…."

놈은 고통에 겨워 움직임을 잃어버렸다. 나는 녀석의 목에 창날을 겨누었다.

"네가 왔던 꿈으로 돌아가라."

나는 놈의 투구 이음매 사이로 창을 힘껏 찔러 넣었다. 목을 관통한 날끝이 투구의 뒷면을 사납게 긁었다. 피 갈은 게 튀진 않았다. 대신 검은 아우라가 사방팔방으로 퍼져나갔다. 녀석의 존재가 지우개로 지우듯 희미해져갔다.

"나와라, 가장 날렵한 살수여!"

아레이의 주문이 끝나는 순간이었다. 목덜미에 날카로운 예기가 뻗쳐왔다. 나는 황급히 고개를 숙였다. 화살이 바람을 쩌르르 울리며 머리 위를 스쳐갔다. 살대의 감촉이 느껴질 만큼 근접한 공격이었다.

"하앗!"

숨 돌릴 틈도 없었다. 가죽갑옷을 입은 여전사가 코앞에 육박해왔다. 여전사는 쌍단검을 사선으로 늘어뜨린 채였다.

나는 창대로 바닥을 세차게 쳐올렸다. 바닥재가 산산이 박살나 산탄처럼 날아갔다. 찰나지간 여전사가 당황하는 게 눈에 보였다. 제아무리 날렵하다한들 파편까지 피할 수는 없었다.

"끼약!"

여전사는 전신에 구멍이 나 기화해버렸다. 아레이는 다급하게 다음 주문을 외웠다.

"흑철의 기수여, 나와서 적을 무찔러라!"

이번에는 기병이었다. 테마르 최강이라는 흑철기병대 다섯 기가 박차를 가하며 덤벼왔다. 그들의 마상창술은 세계적으로 정평이 나있는 것이다. 놈들은 에어쇼를 하듯 대형을 갖춘 채 미늘창을 휘둘렀다.

통상적으로 기병 한 기는 보병 다섯의 힘을 지녔다고들 한다. 흑철기병대라면 거기에 다섯을 더 곱해도 좋았다. 나와 놈들은 뒤섞여 들소처럼 거칠게 부대꼈다. 놈들은 완력과 기술, 뛰어난 장비, 그리고 전술적 지식까지 갖춘 강병이었다. 그들은 충분히 우수했으나, 나를 만난 게 불운이었다.

기병들이 하나씩 거꾸러질 때마다 응원소리도 꺾여만 갔다. 이윽고 결투장에는 나와 아레이만 남게 되었다.

상처가 조금 남긴 했지만, 걱정스러울 만큼은 아니었다. 나는 아레이에게 물었다.

"그거 한 번에 다 꺼낼 수는 없나?"

"……용량이라는 게 있습니다."

"그래. 아무래도 네 상상력의 한계는 여기까지인 거 같군."

나는 그를 향해 성큼성큼 걸어갔다.

"미몽의 경계."

갑자기 지진이라도 일어난 듯 발밑이 요동을 쳤다. 아레이를 중심으로 균열이 빠른 속도로 번져가기 시작했다. 갈라진 틈에선 벌건 용암이 울컥 차오르고 있었다.

"아레이, 그만 멈춰!"

"이게 무슨 짓이냐!"

장내는 삽시간에 아수라장이 되었다. 이곳엔 실력있는

마법사가 여럿 있었으나, 누구도 그의 힘을 막진 못했다.

"노블리스트!"

아레이는 불꽃같이 타오르는 안광을 내뿜었다. 뜨거운 열기가 턱 밑까지 와 닿았다. 유황냄새가 숨 쉬기 곤란할 만큼 지독했다.

"여기가 당신의 최후요."

"……시시하군."

나는 배어나온 용암 위에 발을 디뎠다.

뜨겁다. 몸이 아래서부터 용해되고 있는 것만 같다.

나는 눈을 감았다. 그리고 손에 충만한 마력을 담아 허공을 움켜쥐었다. 그것으로 환상은 분쇄되었다. 용암도, 유황도 처음부터 없던 것처럼 사라지고, 내 손은 아레이의 멱살을 쥐고 있었다. 어떤 기교도 없이 마력의 압도적 우위만으로 환상을 분쇄한 것이다.

나는 아레이의 투구끈을 잡아 뜯어버렸다. 땀에 젖어 번들거리는 얼굴이 드러났다. 녀석은 여전히 웃고 있었으나, 긴장한 기색이 역력했다.

"이게 다냐?"

"……."

"고작 이걸 믿고 설쳤던 거냐?"

"제가 졌습니다. 죽이시죠."

아레이는 체념한 듯이 말했다.

"사양하지 않으마."

나는 놈의 멱살을 놓아주었다. 아레이는 바닥에 털썩 널브러졌다.

승부는 갈렸다. 변수는 없었다. 꿈을 실체화한 그의 공격은 역량을 훌쩍 뛰어넘은 것이었으나, 재능의 한계를 깨부술 만큼은 아니었다.

나는 녀석의 목에 창날을 가져다 대었다. 어제의 일이 또다시 재현되는 중이었다. 차이점이라면 그가 목숨을 구걸하고 있지 않다는 것 뿐.

"마지막으로 남길 말은?"

"글쎄요……."

아레이는 나를 한 번, 그리고 벨렘을 한 번 쳐다보았다. 생부는 목숨이 경각에 달한 자식에게 매정한 눈초리만 보낼 따름이었다.

"저는 꿈의 사도입니다. 그러니 이 말밖엔 드릴 말씀이 없군요."

"뭐?"

"꿈은 이루어졌다."

아레이는 그것을 끝으로 더 할 말이 없다는 듯 고개를 떨구었다.

나는 주변을 둘러보았다. 홀은 비정하리만치 조용했다. 사관의 펜이 종이를 긁는 소리가 들려올 정도로.

"그래, 잘 가라."

나는 흑룡으로 단숨에 그의 목을 내리쳤다.

"아레이…!"

관중들 틈에서 누군가가 비명처럼 그의 이름을 불렀다. 그러나 그것뿐이었다. 잘린 목이 바닥끝까지 굴러갈 동안 누구도 앞으로 나서지 않았다. 이어서 절대 뚫리지 않는다던 갑옷이 꿈의 세계로 돌아갔다.

"응?"

"저럴 수가?"

갑옷은 아무것도 남기지 않았다. 아레이의 몸도 갑옷과 함께 사라져버렸다. 앞서 그가 부렸던 전사와 살수, 그리고 흑철기병대처럼.

"이건 무슨 해괴한 변고냐?"

벨램이 벌떡 일어나 소리쳤다. 누구도 대답을 할 수 없었다. 나조차 모를 일이었다.

"두 가지 해석이 가능합니다."

밀프가 나섰다.

"공자께서는 소로스의 사도입니다. 사도의 영혼은 그들이 모시는 신에게 종속되어 있습니다. 공자께서는 육신의 죽음을 맞이하는 순간 소로스의 세계로 끌려갔을 수도 있습니다. 혹은…."

"혹은?"

밀프는 다소 주저하며 설명을 이어갔다.

"처음부터 이곳에 나타나지 않으셨을 수도 있습니다. 우리 모두 보았듯이, 공자의 시신은 소로스의 환영과 같은 방식으로 사라졌으니까요."

"한심한 놈."

벨렘은 허탈한지 혀만 끌끌 찼다.

"어느 경우라고 확답을 드릴 순 없겠습니다. 그러나 이건 확실합니다. 공자께선 결투에서 패배하셨습니다. 우리가 진 겁니다."

"이것도 납득할 수 없는 승부가 아니오?"

잡음이 나오려고 할 때, 벨렘이 단호히 말허리를 끊었다.

"되었다! 번복은 없다. 사전에 그렇게 조약을 맺었을 터. 나는 드림워커의 죽음을 공표하겠다. 전령을 보내어 마로자를 양도할 준비를 하라!"

벨렘의 가신들은 전쟁에 지기라도 한 것처럼 초상집 분위기였다. 전쟁에 진 게 맞지. 땅덩이가 걸린 싸움이 전쟁이 아니면 뭐겠어.

"주군, 축하드립니다."

"테나단!"

두 가신이 뛰다시피 내게 다가왔다. 나는 함박웃음을 지으며 그들을 맞아주었다.

"거봐, 별거 아니라고 했지?"

"주군을 못 믿은 게 아닙니다."

"그 유언장인가 뭔가 하는 건 찢어버리자고."

"내가 태워버리겠다."

베로니카는 어째 들뜬 것 같았다. 말은 태연하게 해도, 속으론 날 무진장 걱정했나보다.

"테나단."

벨렘의 진영에서 누군가가 다가왔다. 벨렘의 첫째 아들인 클라인 로젠트였다. 그는 내게 악수를 건네었다.

"축하드리지."

"축하?"

동생 목이 날아갔는데 축하를 할 정신머리가 있나.

일단 악수는 받아주었다.

"멋진 싸움이었소. 내가 동경하던 강한 전사의 모습 그대로더군. 오늘이후 감히 당신과 창을 맞대려는 자는 없을 거요. 칸나의 모든 여관에서 당신의 영웅담을 노래하겠지."

나는 어쩐지 그의 눈매가 낯설지 않다고 느꼈다. 벨렘을 너무 닮아서 그런 것 같았다. 그는 기분 나쁘게 히죽이더니, 조용히 노래를 부르기 시작했다.

"혼돈의 괴물이 나타났다. 지옥의 유황이 솟구쳤다. 오오, 바라스의 운명이여…."

클라인은 콧노래를 흥얼거리며 멀어져갔다.

나는 그의 등을 멍하니 쳐다보았다. 방금은 소름이 다 돋았다. 그는 축하를 하러 온 게 아니었다. 그는 아레이를 처음 만났을 때를 흉내 내고 있었다.

"수상한 행동이군요."

"기분이 나쁘다."

나만 그렇게 느낀 게 아니었다. 베로니카와 불칸도 같은 생각을 한 것 같았다.

"확인해볼 방법이 있어."

나는 두 사람을 접객실로 데려갔다. 그리고 소파에 앉자마자 설정북을 꺼내었다.

– 아레이 로젠트

벨렘 로젠트의 다섯 번째 아들이자 소로스의 사도. 방탕하고 자유로운 성격으로 어릴 때부터 밖을 돌아다니길 좋아했다.

아레이는 사도가 된 후 아버지의 영지로 돌아와 소로스를 위해 암약하고 있었다. 때마침 아버지의 영내에서 노블리스트가 세력을 일으켰다. 그는 노블리스트가 자신의 운명을 한 단계 도약시켜 줄 것이라는 계시를 받았다. 그의 계획은 거의 달성에 가까워진 것으로 보인다.

밀프는 답지 않게 초조한 표정이었다.

그러고 보니 이 녀석도 이상했다. 아레이가 나타나고 나서부터 영 기를 못 폈다. 나는 녀석을 보신주의자라고 했지, 꿔다 놓은 보릿자루라고 설정한 기억은 없는데 말야.

"내게 용무가 있나?"

"느닷없이 이런 말씀을 드려도 되는지 모르겠습니다만……."

"괜찮아. 뭐든지 얘기해봐."

"잠시."

그는 뒤를 돌더니 방문을 안에서 걸어 잠갔다. 불칸이 철추에 손을 얹고 그에게 다가갔다.

"경계하지 않으셔도 됩니다. 저는 테나단님의 편입니다."

"내 편이라니, 그게 무슨 뜻이지?"

"저는 테나단님을 주군으로 모시고자 찾아왔습니다."

뜻밖의 말이었다. 내 소설에서 밀프는 꽤 후반까지 왕당파에서 활약한다. 그는 벨렘에게 승산이 있다고 여겼기 때문이다.

"나야 인재가 많으면 좋긴 한데, 왜 마음이 바뀌었는지는 알아둬야겠는걸."

"아레이님 때문입니다."

밀프의 어조에는 두려움이 역력했다.

"아레이는 도망갔다고 하지 않았나?"

"아닙니다. 사실과 다릅니다."

"하지만 네가 아까 말하기를…."

"그때는 말을 할 수 없었습니다. 아레이님이 보낸 메시지 때문입니다."

"메시지라고?"

"아레이님이 만든 환영이 있지 않았습니까?"

"그랬지."

날 상대하긴 역부족이었으나, 기술적으로는 최고 수준에 도달한 환영이었다. 권능으로 만든 것들이라 정교하기로는 카타냐보다도 앞설 것이다.

"아레이님이 불러낸 살수의 환영이 최근 영내에서 귀족들을 잇달아 암살한 자와 인상착의가 일치합니다."

"뭐? 그걸 불러낸 게 처음이 아니었다고?"

"그뿐이 아닙니다. 근래 저희는 흑철기병대의 기강 문제로 진통을 앓고 있습니다. 흑철기병 일부가 독단으로 움직여 민간인을 학살하는 사건이 끊이질 않았죠. 첩보원의 감시로도 대원들의 이탈을 잡아낼 수 없었는데, 지금 보면 그것도 아레이님의 환영이었던 것 같습니다."

나는 아레이와 처음 만났을 때 그를 호위하던 기병들을 떠올렸다. 잘 때가 되니 병영으로 돌려보냈다던가. 그것마저 거짓일 수도 있다는 거군.

"그건 우리에게 보내는 경고였습니다. 굴복하라는 뜻이죠. 마지막에 나왔던 용암의 환영조차 그냥 선보인 게 아닐 겁니다. 마음 약한 영주들이 꿈에서 봐왔던 비전일 확률이 높습니다."

놈은 처음부터 내가 아니라 영주들을 압박할 판을 짜온 듯했다. 소로스는 정신의 빈틈을 집요하게 파고든다. 설정에 쓴 그 한 마디가 충실히 재현되고 있었다.

"실은 우리에겐 환영을 간파할 수 있는 능력자가 있어."

"정말입니까?"

"베로니카, 아레이가 만든 환영을 구분할 수 있었니?"

"아니."

베로니카는 살며시 고개를 저었다.

"느껴지는 감각이 살아있는 자와 일치했다. 죽어 사라질 때 빼고는."

"그러면 이곳에도 얼마든 녀석의 환영이 섞여 있을 수 있다는 거네."

"그럴 겁니다. 저도, 테나단님도 환영일 수 있습니다."

"환영일지도 모르는 사람한테 이렇게 다 털어놔도 되는 건가?"

"저는 그렇게 강단있는 사람이 못됩니다. 그리고 불확실한 걸 좋아하지도 않죠. 그러나 상황이 도박을 걸 수밖에 없는 상황입니다. 현재 제가 가진 가장 좋은 패가 테나단님입니다. 최소한 테나단님의 힘만큼은 진짜였으니까요."

"그래. 그거면 네가 날 믿을 이유는 충분하군."

역사는 바뀌었다. 드림워커가 강해졌고, 그로서 왕당파가 무너졌다. 책 한 권이 불러온 나비효과가 이 희대의 게으른 천재를 내 품으로 보내었다.

"하지만 나는 아직 널 믿을 이유가 없어. 우선 날 설득시켜봐. 네가 날 조롱하려는 아레이의 환영이 아니라는 증거를 보여."

"증거입니까…."

밀프는 입술을 잘근 깨물었다.

"저는 믿어달라고밖에는 드릴 말씀이 없군요. 제게는 테나단님만큼 강한 힘이 없으니까요."

"대신 네겐 쓸만한 머리가 있지. 이건 어때? 우리는 아레이가 클라인 로젠트의 모습을 하고 있다고 의심중이야. 거의 확신하고 있지."

"어떤 경위로 그런 확신을 하게 되셨습니까?"

나는 밀프에게 그간 있었던 일을 대강 이야기해주었다. 어떻게 우리가 아레이와 만났으며, 무슨 대화를 주고받았는지.

"과연."

밀프는 뭔가 알겠다는 듯 고개를 끄덕였다.

"난 그 녀석에게 한방 먹여주고 싶어. 그러니 내가 드림워커를 상대하는 데 유용할 만한 정보를 줘봐. 그 정도 능력은 보여줘야 믿고 일을 시키지 않겠어?"

"예, 정리가 되는 게 있습니다. 얼마나 유용할지 장담은 못 드립니다만, 그간 품어왔던 수수께끼의 상당부분이 풀리는군요."

"기대되는데."

"저는 정보부의 수장으로서 드림워커를 수년간 따로 추적해왔습니다. 좌절스러운 나날이었죠. 수년동안 알아낸 거라고는 고작해야 별칭 하나뿐이었습니다. 그는 우리를 비웃듯 번번이 수사망을 빠져나갔습니다. 여기까지는 다들 알고 계실 겁니다."

"그렇지."

"하지만 제가 그렇게 무능력했던 건 아닙니다. 저는 실제로 드림워커를 잡았었습니다. 수십 번도 더."

"수십 번이라고? 드림워커를?"

"오시다 말뚝에 박힌 시신들을 보셨을 겁니다."

"봤지. 한둘이 아니던데."

"그들 대부분이 자칭 드림워커입니다. 저는 수차례 그들을 심문했었습니다. 그들은 혹독한 고문과정에서 두 개의 인격을 드러내더군요. 본래 지니고 있는 인격과, 드림워커라 자칭하는 인격이었죠. 두 번째 인격에는 일관성이 있었습니다. 그는 항상 말버릇처럼 말하곤 했습니다. 꿈이 곧 이뤄질 거라고. 그건 흉내로 가능한 영역이 아니었습니다."

"꿈이 이뤄진다는 그거…… 아레이의 유언 아니야?"

"예."

밀프는 고개를 끄덕였다.

"저는 테나단님의 말씀까지 종합해서 한 가지 가설을 세웠습니다."

"말해 봐."

밀프는 팔짱을 끼고 손으로 입을 가렸다. 고심을 할 때의 버릇 같았다.

"그 자의 별칭은 우리가 지어준 게 아닙니다. 그가 스스로를 지칭한 거죠. 자신이 그렇게 불리기를 바라고 있다는 뜻입니다."

"꿈을 다루는 게 주특기니까 드림워커인 거 아니었어?"

"그 이상입니다. 저는 이렇게 생각합니다. 그는 진짜로, 문자 그대로 꿈 사이를 걸어 다니고 있다고요."

"꿈 사이를 걸어 다닌다고…."

이 무슨 서정적인 표현이람.

"예. 테나단님이 그를 죽이지 못한 건 당연합니다. 그는 이 세계에 존재하지 않습니다. 그는 오래 전에 육신을 버려버렸습니다. 그는 꿈 그 자체가 됨으로서 진정한 의미의 무적자(無敵者)로 거듭난 겁니다."

"딱 소로스의 사도가 할 법한 사고방식이군."

꿈 자체가 되어버리다니. 과연 그렇다면 무적이 맞다.

무서운 가설이었다. 그러나 부정키도 힘들었다. 내가 소로스에 미쳤어도 그렇게 하고 싶을 거 같으니까.

"예. 육신을 버리는 걸 망설이지도 않았을 테죠. 소로스의 곁에서 영원히 살아갈 수 있는 방법이니까요. 그는 기본적으로는 소로스의 세계에 머물 겁니다. 그러다 내킬 때 타인의 꿈으로 산책을 나가는 거죠. 우리가 드림워커와 마주치는 때가 그런 때입니다."

"그 말은……."

"클라인 로젠트님이 지금 꿈을 꾸고 있다는 뜻입니다."

대범하기 짝이 없는 해석이다. 지성과 상상력이 유감없이 발휘된.

"그렇다면 우리가 이길 수 없는 게 아니냐?"

베로니카가 물었다. 나는 대꾸를 못하고 헛웃음만 지었다.

여태 내가 만나온 적 중 만만한 녀석이 하나 없었으나, 아레이는 개중에서도 손에 꼽을 만한 난적이었다.

"저도 난감합니다. 저도 벨렘님을 위해 십 년은 더 일을 할 수 있을 줄 알았으니까요. 일단은 물러나 힘을 비축해야 합니다. 환술이 영향을 줄 수 없을 만큼 큰 전쟁을 벌인다면, 세력싸움의 구도에서는 승리를 가져갈 수 있습니다."

"드림워커를 죽일 수는 없겠지만. 그렇지?"

"예."

"그건 이겨도 이긴 게 아니잖아."

"예. 이겼다고 볼 수는 없습니다."

놈을 죽이고 책을 흡수해 내 걸로 만들어야 이긴 거다. 그 전에는 발 뻗고 자기 글러먹은 듯했다.

나는 손가락으로 탁자를 톡톡 두드렸다.

"흐음……."

"우선은 어떻게든 여길 벗어나는 게 좋겠습니다. 제가 테나단님을 만나러 온 게 주의를 끌었을 수도 있습니다."

"도망가는 방법은 마음에 들지 않아."

"테나단님, 이건 기호를 따질 문제가 아닙니다."

밀프는 답답한 듯 말했다. 이게 녀석의 성격이었다. 내게 충성하려고 찾아온 게 아니라, 위험하니 몸을 맡길 수 있겠다 싶었던 거지.

그런데 그거 아냐, 너. 사고방식이 위험하기로는 나도 만만치 않다는 거.

"내게도 좋은 생각이 떠올랐어."

"어떤 생각입니까?"

"네 말의 결론은 그거잖아. 드림워커가 지금 클라인의 꿈속에 있다고."

"그게 결론은 아니지만, 어쨌든 그런 말씀을 드리긴 했죠."

"그렇다면 나도 클라인의 꿈속으로 들어가는 거야."

"예?"

이때 밀프의 표정을 봐뒀어야 했다.

나는 그의 넋나간 얼굴을 바라보며 해맑게 웃어주었다.

"녀석이 거기 와있다며. 그러니 가서 조져주자는 거지."

"그게 가능합니까? 꿈은 드림워커의 영역일 텐데요."

"상식적으론 그렇겠지."

소로스가 작가적 기질이 있는 신이라고 했던가. 그렇다면 나는 작가다. 내 영역은 세상을 아우른다.

이건 작가의 자존심을 걸고 결코 질 수 없는 싸움이었다. 차라리 마법에 맞아 통구이가 될지언정, 남의 상상력에 짓눌릴까보냐.

"노블리스트의 능력은 꿈에 개입을 할 수도 있다는 말씀으로 들리는군요."

"내 능력이라기보다는 녀석의 방심에 가까워. 놈은 내게 자신의 권능의 책을 한 권 줬어. 이젠 그걸로 뭘 할 수 있는지를 알아봐야겠지."

"정말로 클라인님의 꿈속으로 들어가실 수만 있다면, 반격의 적기는 지금입니다. 병가에 이런 말이 있습니다. 안전하다고 생각할 때가 가장 위험한 때다. 드림워커는 설마 자신의 영역에서 도전을 받을 줄은 꿈에도 예상치 못하고 있을 겁니다."

"동의해."

"하지만…… 그렇더라도 권해드리고 싶진 않습니다. 꿈의 세계에서는 테나단님의 힘이 통용된다는 보장이 없습니다. 불리한 싸움입니다."

"옳습니다. 직접 꿈으로 들어가는 건 재고해보시는 게 좋을 것 같습니다. 그 음흉한 자가 어떤 함정을 펼쳐놓았을지 누가 알겠습니까."

말리는 게 당연했다. 꿈속에서 꿈의 사도를 이겨야한다니, 나 같아도 도시락 싸들고 다니며 말리겠다. 수영으로 펠프스를 이기라던가, 축구로 메시를 이겨보라는 소리 아니겠어.

"무모해 보인다는 건 인정해. 그래도 누군가는 결단을 내려야 하지 않겠냐. 녀석은 오물이나 독소 같은 놈이라고. 녀석이 하루를 더 살면, 세상은 하루 더 병들겠지."

"상관없지…… 않습니까?"

밀프는 머뭇거리며 말했다.

"세상의 독소를 꼭 테나단님이 처리하라는 법은 없습니다. 저편에서 수만 명의 부하들이 테나단님을 기다리고 있습니다. 여자도, 황금도, 모든 영화가 손닿는 곳에 있습니다. 도전할 때가 있다면 가진 것을 지켜야 할 때도 있습니다. 기다리다보면 기회는 반드시 찾아옵니다. 드림워커는 분명 교활한 상대이나, 정도라는 걸 모르는 자입니다. 결국에는 스스로 파탄을 맞이하게 될 겁니다. 그 때 그를 토벌하기 위한 연합을 결성해볼 수도 있겠지요."

"너다운 말이네."

나는 방긋 웃었다.

밀프는 불확실한 걸 싫어했다. 그래서 그는 정보조직의 수장이 되었다. 조각조각의 정보를 모아 불확실한 것을 확실성으로 덧칠해가는 게 그의 취미였다. 라울과는 정반대의 캐릭터라고 할 수 있다. 라울 이 녀석은 덮어놓고 저지르기의 선수인데 말이야.

"미래는 언제나 불확실하지. 그러니까 기회가 왔을 때 주저하면 안 돼. 그리고, 세상의 독소를 제거하는 게 왜 내 일이 아니라고 생각하냐?"

"예? 그야…."

"밀프. 이걸 봐."

나는 그에게 오른손을 활짝 펴서 내밀었다. 그는 물끄러미 내 손바닥을 쳐다보았다. 나는 손가락을 서서히 구부려 주먹을 쥐었다.

"내 거라고."

"아."

그는 무언가 깨달은 듯 탄성을 내었다.

알아들은 것 같다. 내 꿈이 천하통일이라는 걸.

머리가 좋은 녀석은 이래서 좋다. 여러 말 할 게 없거든.

"저는 대단한 분과 함께하게 되었군요."

"그런 건가? 넌 드림워커가 무서워서 내게 찾아온 거잖아. 내가 드림워커를 무찌르면 벨렘의 곁에 계속 남아도 될 것 같은데."

"아니오. 제게도 기회는 찾아왔습니다. 말씀해주신 대로입니다. 저라고 항상 주저하란 법은 없겠지요."

밀프는 내 앞에 무릎을 꿇었다.

"저 밀프, 이 자리에서 테나단님께 충성을 맹세합니다. 미력하나마 대업의 달성을 위해 신명을 다하겠습니다."

그 치고는 큰 용기를 낸 결단이었다. 나는 밀프의 어깨를 잡고 일으켜주었다.

"환영한다. 고생문이 활짝 열렸구나."

"그럴 것 같습니다."

"그런데 맹세는 너무 앞서갔던 것 같다. 혹시 내가 드림워커한테 당하면 어쩌려고?"

"그러니까 진심인 거죠."

"……명답이네."

보신주의자의 도박이라. 각별한 진심이로군.

"환영하오."

"잘 부탁한다."

"저도 잘 부탁드립니다."

밀프는 불칸과 베로니카와도 인사를 나누었다. 절로 흐

뭇해지는 장면이었다.

안 그래도 우리 진영엔 너무 혈기 넘치는 자들밖에 없어서, 신중한 사람이 한명쯤 필요하지 않나 싶었다. 특히 내게 브레이크를 걸어줄 사람이 절실했었다.

"자, 그러면 난 꿈에 틀어박힌 놈을 잡으러 가 보실까나."

"테나단."

"응?"

"나도 같이 가면 안 될까?"

순간 흔들릴 뻔했다. 저런 말투의 베로니카에게는 아직 면역이 없어서.

"안 돼."

"왜?"

"베로니카는 여기서 날 지켜줘야지."

"아……."

"드림워커가 날 그냥 내버려둘 리가 없어. 내가 꿈으로 들어갔을 때, 무방비상태인 내 몸을 지켜줄 사람이 한 명이라도 많아야 해."

"알았다. 그런 이유라면."

그녀는 납득했다는 듯 고개를 끄덕였다.

나는 자리를 잡고 품에서 길몽의 서를 꺼냈다. 큰소리를 쳐놓긴 했는데, 사실 진짜는 이제부터였다. 길몽의 서는 아직 내 설정북과 하나가 되지 않았다. 어떻게든 이걸 하나로 합치던가, 책의 능력을 끌어내는 방법을 알아내야만했다.

우선 설정북을 펼치고, 그 안에 길몽의 서를 포개보았다. 이게 알아서 스르륵 합쳐지진 않을까 하는 기대였다. 멍청한 짓이라는 걸 깨닫는 데엔 삼 초면 충분했다.

어떻게 한다? 역시 사도의 책을 사용하려면 사도를 죽이는 방법뿐인가?

나는 머리를 붙잡고 한참을 끙끙댔다. 떠오르는 건 없고 시간은 속절없이 흘러만 갔다. 그럴수록 속이 바짝바짝 말라갔다. 드림워커가 클라인의 꿈에 계속 머문다는 보장이 없으니까.

결국 나는 나보다 똑똑한 녀석의 힘을 빌리기로 했다.

"밀프."

"예, 주군."

"두 책을 하나로 합치는 방법이 뭘까?"

"둘을 묶어 합본을 새로 내면 되지 않겠습니까?"

"그게 불가능해. 하지만 합치기는 해야 해."

"흐음……."

"이상하게 들릴지 모르겠는데, 열린 마음으로 생각해 줘. 이게 되어야 꿈의 비술을 쓸 수 있거든."

"물리적으로 합치는 거라면 간단합니다. 구멍을 뚫고

실로 엮으면 됩니다."

잠깐 혹할 뻔 했다. 현실세계에선 존재하지 않은 책에 구멍을 뚫을 순 없을 테지.

"물리적인 게 아니라 내용을 합쳐야 하는 거야."

"혹시 어느 한쪽의 책에 빈 페이지가 있습니까?"

"있어."

설정북은 페이지의 수에 구애를 받지 않는 책이다. 작가들이 편하자고 흔히 가져다 쓰는 '무한의 주머니' 같은 시스템이었다. 그렇지 않다면 사도의 책을 열 권쯤 합쳤을 땐 들고 다닐 수 없을 만큼 두꺼워져버릴 테니까.

"그럼 거기다 필사를 하면 되지 않겠습니까?"

"아!"

나는 저도 모르게 손뼉을 쳤다.

왜 그 생각을 못했을까? 필사야말로 노블리스트다운 방법일진대.

나는 길몽의 서에서 적당한 주술을 추려내보았다.

– 꿈의 조정자

꿈의 조정자는 피술자를 소로스의 세계로 이어주는 관문의 역할을 한다. 소로스 신도들은 이 주술을 '창구(窓口)' 라고 부른다.

시술자는 잠이 든 대상을 한 명 택하여 그의 꿈속으로 들어간다. 피술자가 잠이 들어있는 한, 꿈의 세계는 그의 주도하에 재조립될 수 있다. 시술자는 또한 피술자의 잠재의식에 꿈의 잔상을 얼마나 남길 것인지도 선택할 수 있다.

사용시 필요점수 : 10

이게 괜찮겠다. 아레이도 이 비슷한 주술로 클라인의 꿈에 간섭중이겠지.

이번에는 내 설정북에서 동일한 주술을 찾아보았다.

– 꿈의 조정자

시전자는 대상 한 명을 선택하여 그의 꿈속으로 들어간다. 이때 대상자의 꿈은 시전자에게 귀속된다. 시전자는 집중력이 허용하는 한도까지 자신의 의도대로 꿈을 이끌어갈 수 있다.

여기 있다. 동일한 주술임에도 불구하고 설명이 훨씬 짧았고, 사용시 필요점수는 기재되어 있지도 않았다.

나는 펜으로 설정북의 설명에 줄을 슥슥 그었다. 그리

고 길몽의 서의 내용을 그대로 옮겨다 적어보았다.

'된다.'

마지막 문구까지 토씨 하나도 틀리지 않게 옮기자, 본래의 내용이 바뀌는 걸 확인할 수 있었다. 필사가 통한 것이다.

"된다!"

"주, 주군?"

나는 팔을 번쩍 들었다가, 기어코 일어나 말프를 한번 안아주었다. 죽다 살아난 듯한 느낌이었다. 이대로 짐 싸는 거였으면 무지무지 섭섭할 뻔했다고.

이로서 설정북의 열한 번째 법칙이 추가되었군. 다른 사도의 비술도 필사를 통해 사용할 수 있다고.

세계에 대해 알아가면 알아갈수록, 노블리스트를 향한 조물주의 편애를 느낄 수 있었다. 이런 걸 흔히 주인공 보정이라고 하던가. 내가 특혜를 받았다던 아야의 말이 틀리지 않았던 듯하다.

"불칸, 이제부터 난 클라인 로젠트의 꿈에 들어갈 거야."

"예. 문제는 잘 해결되신 것 같군요."

"그래. 내 유언장 아직 그대로 가지고 있지?"

"그렇긴 합니다만……."

눈앞에 팔팔하게 살아있는 주군의 유언장이라니, 언급하는 것만으로도 황송스러운 모양이었다. 쓰라고 할 때는 언제고.

"그거 잘 챙겨둬. 지금이야말로 그게 진짜로 필요할 때니까."

"…주군의 무사귀환을 빌겠습니다."

"빌고만 있진 마. 너희들도 편치 않을 거야. 지금쯤이면 아레이도 우리가 수상하다는 걸 눈치 챘겠지. 무슨 짓을 꾸밀지 몰라. 자객을 보낸다던가, 차에 독을 타서 줄 수도 있지 않겠어."

"반드시 지켜드리도록 하겠습니다."

"아참, 그리고."

나는 이걸 말해야하나 말아야하나 잠깐 고민했다.

"혹시 내가 삼일 후에도 돌아오지 않는다면, 날 죽여다오."

"주군…!"

"그건 들어드릴 수 없는 말씀입니다!"

"생각해보면 그놈이 날 그냥 죽일 가능성은 낮을 거야. 꿈속에 내 영체를 가둬두고 가학적인 취미생활을 구가하겠지. 그 경우에는 죽이는 게 도와주는 거 아니겠어."

"주군, 그럴 일은 결단코 없을 겁니다."

"강요는 않아. 어디까지나 이건 최악의 경우니까."

나는 소파에 길게 누워 꿈속으로 들어갈 채비를 했다.

"응?"

베로니카가 내게 그늘을 드리웠다. 그녀의 풍성한 머리카락이 차양이라도 된 듯 내 얼굴을 덮었다. 문득 그녀의 얼굴이 가까워지는가 싶었다. 뺨에 촉촉한 감촉이 느껴졌다. 나는 깜짝 놀라 눈을 동그랗게 떴다.

"베로니카?"

베로니카는 내 눈을 똑바로 바라보고 있었다. 본래 흰 목덜미가 물을 들인 듯 붉어져있었다.

"그런 말은 하지 마."

"너……."

"기다리고 있을게."

그녀는 그 말을 남기고 내게서 물러섰다.

입술이 닿았던 뺨이 불에 데인 듯 화끈거렸다.

나 방금 반드시 살아 돌아와야 할 이유가 생긴 것 같아. 전우끼리는 키스 같은 거 안 하는 거 맞지?

"흠흠."

밀프와 불칸은 알아서 시선을 피해주고 있었다. 베로니카는 그제야 부끄러워지는지 슬쩍 나를 외면했다.

무조건 살아 돌아온다. 그리고 베로니카에게 로맨스 소설 열 권을 사줘야겠다.

주술을 사용하는 방법은 고심할 필요도 없었다. 나는 누운 채로 내 설정 말미에 이런 문구를 덧붙였다.

– 노블리스트는 꿈의 조정자를 통해 클라인 로젠트의 꿈속으로 들어갔다.

펜을 채 내려놓지도 못했을 때였다. 눈앞이 캄캄해지며 의식이 어둠 속으로 빨려 들어갔다.

나는 축축한 바닥 위에서 깨어났다. 얕은 웅덩이가 발목 언저리까지 고여 있었다.

어둡고 밀폐된 공간이었다. 그러나 주변을 살펴보기엔 무리가 없었다.

나는 엉덩이를 털고 일어났다. 몸 전체에서 전에 없던 감각이 느껴졌다. 오감이 사라지고 오직 육감만이 기능하고 있었다. 영적인 촉각이 신경세포를 대신했다. 촉각은 내 몸을 벗어나 주변부로까지 뻗어나갔다.

나는 이것이 꿈임을, 그리고 내가 흐르는 바람을, 찰랑이는 물을 창조할 수 있음을 깨달았다. 나는 루시드드림의 극치를 체험하고 있었다.

나는 사방으로 감각을 확장해보았다. 이곳은 지하실 같았다. 썩어 문드러진 나무통들이 웅덩이 위에 아무렇게나 굴러다녔다. 곰팡내 섞인 알코올이 코를 시큰하게 자극했다.

'계단.'

나는 우아한 나선형의 층계를 떠올렸다. 그 즉시 땅이 솟구쳐 바닥과 천장을 잇는 계단을 만들어냈다.

이거 좀 쩌는데?

창조주라도 된 것만 같았다. 나는 내친 김에 조명등도 달아주기로 했다.

한 칸 한 칸 불이 들어와 어둠을 몰아내었다. 지하실은 환한 빛 아래에서도 음울함을 떨쳐내지 못했다.

나는 윗층으로 이동했다. 진행방향이 위쪽임은 묻지 않아도 알 수 있었다. 감각이 뻗어나가질 못하는 게 전자기장이라도 펼쳐진 듯한 느낌이었다.

윗층은 별천지였다. 우선 밝았고, 내 키보다 두 배는 큰 책장이 끝도 없이 늘어서 있었다.

여긴 도서관인 건가?

나는 주변을 경계하며 조심스레 걸음을 옮겼다.

서가에 꽂힌 책들은 모두 크기와 디자인이 한결같았다. 마치 끊을 데를 모르고 늘어져버린 장르소설을 보는 듯했다. 나는 주변을 충분히 살핀 뒤, 근처의 책장에서 아무 책이나 한 권을 골라내었다.

- 파울 쉴더

이건 누군가의 이름 같은데.

다른 책들도 마찬가지였다. 미첼 그룬바움, 로저 그린버그, 콘라그 리거 등등, 모든 책들이 죄다 인명으로 작성되어 있었다.

독서나 할 때는 아니니, 중간부터 한 페이지를 넘겨보았다.

[날은 맑았다. 하지만 내 기분은 좋지 않았다. 아메리다가 아직 죽지 않았으니까. 나는 기분전환 겸 산책을 가기로 했다. 마침 그 여자가 화분을 버리러 나오는 길이었다. 나는 준비해뒀던 도끼를 꺼내들었다. 그리고 아메리다의 이마를 힘껏 내려찍었다.

두 번, 세 번, 다섯 번. 열 번!

그 여자의 얼굴이 완전히 뭉개져버렸다. 마치 크림파이처럼.

그런데 오늘 저녁은 뭘로 한다. 어제 먹였던 걸 또 먹일 순 없으니까, 슬슬 찬거리 준비를 해야겠다.]

책의 약 반절 가까이가 아메리다란 여자를 죽이는 내용으로, 나머지 반은 의미도 알 수 없는 주절거림으로 때워져 있었다. 이걸 소설이라고 부를 수 있다면 내 일기도 소설이겠다.

설마 모든 책이 이런 건가?

이번엔 미첼 그룬바움편을 확인해보았다.

"환장하는구만."

이건 달랐다. 한 남자가 사령관이 되어 군대를 호령하는 이야기다. 그러나 두 이야기에는 공통점이 있었다. 도무지 앞뒤가 맞지 않다는 거.

그룬바움은 낮에는 이국의 전장에서 싸우고, 밤에는 이웃집 딸과 낯뜨거운 정사를 벌이고 있었다.

주정뱅이의 넋두리도 이것들보다는 개연성이 있을 정도로 이야기가 제멋대로였다.

나는 추가로 스무 권도 넘는 책을 확인한 후 이 괴상한 책들의 정체를 짚어낼 수 있었다.

'꿈이다.'

책 한 권 한 권이 누군가의 꿈에 대응하고 있었다. 이 많은 책들이 죄다 칸나 주에 사는 사람들의 꿈인 것이다.

그때, 위로 올라가는 계단에서 인기척이 감지되었다. 나는 감각을 집중하여 흑룡을 본딴 언월도를 만들어내었다.

"아레이?"

아니다. 팔십은 넘어 뵈는 노인이었다. 등허리가 거의 구십도로 굽어있었다. 노인은 비틀거리는 걸음으로 내 쪽으로 다가왔다.

"젊은이, 그 책 이리 주게."

노인은 당장에라도 쓰러질 듯 위태위태해보였다. 백내장이 온 듯 눈이 안개가 낀 것처럼 불투명했다.

"어서!"

노인은 내게서 책을 빼앗았다. 거친 손길이었지만, 적의는 없는 듯했다.

"이 책들이 다 뭐죠?"

"책을 건드리면 안 돼. 주인님께서 노하실 거야."

노인은 딴소리를 하며 책장에 책을 도로 꽂아 넣었다. 그러고도 안심이 되지 않는지 책들의 열을 맞추기 시작했다.

"말씀하시는 주인님이라는 게 혹시 드림워커인가요?"

"쉬잇! 그 이름을 함부로 부르다간 화를 입을 걸세."

노인은 대답을 하다말고 입을 가리며 기침을 뱉어냈다. 기침 사이사이 바람 새는 소리가 섞여 나왔다.

"드림워커가 맞군요."

"돌아가. 돌아갈 수 있을 때 돌아가야 해."

"돌아갈 수 없습니다. 아레이를 쓰러뜨릴 때까지는."

"아레이……."

노인은 꿈을 꾸듯 아련히 눈동자를 굴렸다.

"그래, 그런 이름이었지."

나는 불현듯 궁금증이 치밀어 물었다.

"당신은 누구인가요?"

"내겐 이름 같은 건 없어."

"있었지 않나요? 잊어버렸을 뿐이겠죠."

노인은 다시 나를 쳐다보았다. 마른 입술이 달싹이며

힘겹게 한 단어를 완성했다.

"클…로."

"예?"

"클…라인 로젠트."

"당신이 클라인이라고?"

노인은 기침을 하며 몸을 돌렸다. 충격적인 진실이었다. 그는 이 꿈의 주인이었다. 그 다부졌던 벨렘의 장남이 병아리 한 마리 못 잡을 만큼 늙어버리다니.

외모의 변화보다 정신의 변화가 더 놀랍다. 방금 동생더러 주인님이라고 했던가. 대체 얼마나 학대를 당한 걸까?

바깥에서는 불과 한두 시간이 흘렀을 뿐이었다. 그러나 찰나가 영원해질 수도 있는 게 꿈의 시간이란 것이겠지.

노인은 잠깐 눈을 뗀 사이에 어디론가로 사라져버렸다. 여기서 그는 오직 책의 관리만을 위해 존재하는 듯했다.

남 이야기가 아닐지도 모르겠다. 나는 결심을 단단히 굳히며 계속 위로 올라갔다.

다음 층도 책이 가득 차 있기는 마찬가지였다. 그 다음 층도, 다다음 층도. 위로 향하는 계단은 끝날 기미가 보이지 않았다. 오를수록 층당 면적은 좁아져만 갔다. 나는 건물의 생김새를 대강 짐작할 수 있었다.

'탑.'

여긴 아레이가 완성해가고 있다던 바로 그 탑이었다. 염원의 탑이라고 했던가.

그냥 탑도 아니고 흉몽으로 만드는 탑이다. 폭력, 광기, 색욕 등 쌓인 꿈들이 하나같이 정상적인 게 없었다. 그런 꿈의 높이가 지금 22층을 넘기고 있었다. 이 탑이 완성된다면 어떤 일이 벌어질지 짐작조차 할 수 없었다.

길몽의 서가 필요 없다던 진짜 이유가 이거 아니었을까? 순수한 흉몽의 탑을 쌓기 위해서랄지.

나는 드디어 마지막 층에 도달했다. 더 이상 위로 오르는 계단이 없었다. 대신 이제까지의 장서관이 아닌, 텅 빈 마룻바닥이 나타났다.

녀석이 보였다. 아레이였다. 그는 약 오십 평 남짓한 공간에 달랑 책상만 두고 뭔가를 열심히 쓰는 중이었다.

"아, 드디어 오셨군요."

그는 나를 향해 아는 체를 해왔다.

"어떻습니까?"

"뭐가?"

"제 저서들 말입니다. 노블리스트로서의 작품평을 듣고 싶습니다."

"그래, 그 책들 말이지. 최악이던데. 넌 글 쓰면 안 되겠더라."

"그렇게 별로입니까?"

"그 따위로 써선 못 먹고 살아. 종이가 아까운 수준이지."

"후후, 그렇군요."

아레이는 의자에서 일어나 내게 다가왔다. 그와 가까워지면 가까워질수록 감각이 둔화되어갔다. 나는 점점 꿈의 제어권을 잃어가고 있음을 깨달았다.

나만 이런 게 아닐 것이다. 아레이 또한 통제를 잃어가고 있겠지. 꿈의 주인이 둘일 수는 없을 테니.

"솔직히 여기까지 오실 줄은 몰랐습니다. 감탄했습니다. 소로스께서 그리 말씀하신 이유가 있었군요."

"너 대체 무슨 짓을 벌이고 있냐? 세상을 멸망시키라도 할 작정이냐?"

"천만의 말씀을. 이 좋은 세상을 왜 멸망시킵니까? 전 오히려 할 수만 있다면 지키자는 쪽입니다."

"그럼 저 아래에 쌓인 책들을 설명해 봐. 저런 흉측한 것들이 세상을 지키는 거와 관련있어 보이진 않는데."

"제가 바라는 건 간단합니다. 현실과 꿈의 경계를 허무는 겁니다."

"현실과 꿈의 경계를 허문다고?"

"테나단님은 현실에 만족하십니까? 만족하시겠죠. 잘생겼고, 사도로서의 능력도 가지고 계시니까요. 하지만 많은 사람들이 그렇지가 못합니다. 잘난 놈을 따라잡으려면 노력만으로는 안 됩니다. 속된 말로 다시 태어나는 수밖에 없습니다. 세상은 불공평합니다. 그래서 사람들은 꿈을 꿉니다. 저는 그 꿈이 단순히 꿈으로 그치지 않는 세계를 만들어주고 싶습니다. 소로스의 세계는 누구나 행복해질 수 있는 이상향입니다."

"하."

나는 얼척이 없어 외마디 감탄사만 내었다.

이놈이 이런 또라이일 줄이야.

울쓰락에 이어 또 하나의 개혁가를 만났구만. 어지간한 소설의 끝판 보스급의 기믹이 벌써 두 명째라니. 이것도 인복이라면 인복이지 싶었다.

"개소리는 작작 해. 욕망이 마음껏 발산되는 세상에서 어떻게 누구나 다 행복해질 수 있겠냐? 모든 욕망이 바람직한 건 아니야. 꿈 안에 가둬둬야 할 욕망도 있는 거야. 넌 세계를 파멸시킬 거야. 우리의 상상은 실제보다 더 흉폭하니까."

"저는 그 부분을 예외적인 즐거움으로 남겨두고 있습니다만, 그건 의견의 차이로군요."

"잡설은 집어치우고, 이제 결판을 내자. 네 얼굴 보는 것도 지긋지긋하니."

나는 아레이에게 흑룡을 겨누었다.

"설마 저와 싸워보시겠다는 겁니까?"

"왜, 안 되냐?"

"하하하하."

아레이는 배를 잡고 웃어댔다.

"죄송합니다. 하지만 가소롭기가 참을 수가 없군요. 여긴 내 땅입니다. 이불 덮고 자는 내 집입니다. 나는 마음만 먹으면 당신을 바닥을 기어 다니는 벌레로도, 바람에 떠다니는 먼지로도 만들어버릴 수 있어요."

"나는 그러지 않을 거야. 그냥 죽여 버릴래."

"좋습니다. 각자 원하는 걸 쟁취해보도록 하죠."

아레이는 손에서 나와 같은 언월도를 만들어냈다. 그리고 내 쪽으로 집어던졌다. 요란한 쇳소리가 텅 빈 공간을 메웠다. 나는 어렵지 않게 공격을 막아내었다. 그러나 땅에 떨어졌어야 할 언월도는 끈이라도 달린 것처럼 아레이의 손으로 되돌아갔다.

"놀라셨습니까?"

아레이는 의기양양하게 웃었다. 녀석은 날 놀려줄 마음에 흥분을 주체하지 못하는 듯했다.

"일전에 제가 여행을 다녀보신 적이 있냐고 물었죠."

"그랬었지."

"꿈의 싸움이란 곧 상상력 대결입니다. 저는 소싯적부터 세계 각지를 여행하며 많은 견문을 쌓았습니다. 세상은 당신이 생각하는 것보다 훨씬 넓습니다. 여기서는 당신의 그 잘난 힘이 소용없습니다. 오직 이거죠."

아레이는 검지 끝으로 자기 머리를 툭툭 건드렸다.

"그러니까…… 네가 여행을 많이 다녀봐서 나보다 상상력이 낫다는 건가? 그게 저 날아다니는 언월도고?"

"고작 그 정도가 아닙니다. 저는 이 탑에 머물며 수만인분의 꿈을 집필하기도 했습니다. 당신이 측량할 수 없는 경험의 깊이가 있다는 겁니다."

"나도 책이라면 썼어. 딱 한 권이었지. 그마저도 중간에 엎긴 했는데, 직접 글을 써보니 이거 하나는 알겠더라고."

"뭡니까."

"아무리 많이 읽어도 안 될 놈은 안 된다는 거."

나는 흑룡을 소환해제했다. 그리고 거무튀튀하고 기다란 쇠막대를 만들어냈다. 상상했던 것보단 그립감이 좋았다. 약간 더 무거운 것 같기도 했다.

"그건 뭡니까?"

"뭐야, 너 처음 보냐?"

나는 녀석을 향해 한심하다는 듯 혀를 차주었다.

"미하일 칼라시니코프가 설계한 소련의 제식 보병화기. AK 47님이시다."

〈4권에서 계속〉